Federigo Tozzi
Mit geschlossenen Augen

Federigo Tozzi

Mit geschlossenen Augen

Roman

Aus dem Italienischen von
Ragni Maria Gschwend

Piper
München Zürich

Die Originalausgabe erschien unter dem Titel »Con gli occhi chiusi« als Buchveröffentlichung erstmals 1919 bei Fratelli Treves Editori, Mailand. Der deutschen Erstausgabe liegt die 1961 bei Vallechi Editore, Florenz, erschienene und von Glauco Tozzi herausgegebene Ausgabe sämtlicher Romane Tozzis zugrunde.

ISBN 3-492-03257-5
Deutsche Ausgabe:

Gesetzt aus der Bembo-Antiqua
Satz: Uhl + Massopust, Aalen
Druck und Bindung: Wiener Verlag, Himberg
Printed in Austria

NACHDEM DIE KÖCHE und die Kellner gegangen waren, blieb Domenico Rosi, der Padrone, noch in der Trattoria, um in Eile beim Schein einer stark tropfenden Kerze die Tageseinnahmen zu zählen. Seine Finger preßten sich zusammen, als sie zwei Fünfziglirescheine berührten, und ehe er die Scheine gefaltet in die Brieftasche aus gelbem Leder legte, schaute er sie noch einmal an; dann näherte er sich mit dem Mund der Flamme und blies sie aus. Wenn die Kerze nicht zu weit heruntergebrannt gewesen wäre, hätte er auch noch das Geld in der Kassette seiner Frau gezählt; so aber schloß er die Tür und drückte dann noch mit dem Knie dagegen, um sicherzugehen, daß er den Schlüssel auch richtig umgedreht hatte. Seine Wohnung lag auf der anderen Straßenseite, fast gegenüber.

Dieses Leben dauerte nun schon dreißig Jahre; aber er erinnerte sich immer noch an das erste verdiente Geld, und es machte ihm Freude, am Ende jedes Tages auf dem Grund seiner Seele diese Liebkosung aus der Vergangenheit zu spüren: Es war wie eine schöne Einnahme.

Seine Trattoria! Manchmal, wenn er von ihr redete, klatschte er mit den Handflächen gegen die Wand – vor Zufriedenheit und Stolz.

Im Grunde Bauer geblieben, obwohl er früh in die Stadt gegangen war, konnte er einen, der etwa seine Ehrlichkeit anzweifelte, immer noch mit den Fäusten traktieren. Und er glaubte fest daran, daß Gott, gleichsam um ihm einen Gefallen zu tun, für sein Vermögen mitsorge. Im übrigen hielt er es für notwendig, noch reicher zu werden: aus Angst vor dem Neid der anderen. Wie viele würden alles daransetzen, nur um ihn wieder ohne einen Heller dastehen zu sehen!

Seine vier Schwestern und seine drei Brüder waren arm geblieben in ihrem Maremmen-Dorf, in Civitella, zwischen den Gehölzen, in denen sich die Wildschweine tummelten, in dem Haus aus rissigen Quadern, mit der Treppe aus Steinen vom Fluß, die unter den Schritten erzitterte, den Fenstern, die auf ein Sandsteingebirge blickten, so nah und steil, daß man das Gefühl hatte, unter ihm begraben zu werden, fast als müsse es heute oder morgen einstürzen. Und Rosi dachte an sein enges Heimatdorf wie an etwas, das es nicht mehr gab, oder doch nur noch für die anderen: Die Erinnerungen aus der Jugend bedeuteten für ihn nicht mehr als die Theater und die Bilder in den Journalen, die er voll Verachtung abtat: angenehme Nichtigkeiten für Müßiggänger, die nicht wußten, was sie mit ihrem Geld anfangen sollten. Genauso dachte er über Leute, die rauchten. Und niemand konnte behaupten, er habe ihn jemals im Theater gesehen oder, schlimmer noch, mit einer Zigarre im Mund! Dafür war er einfach nicht dumm genug!

Kaum daß er sich in Siena niedergelassen hatte, mit zwanzig Jahren, heiratete er Anna, ein uneheliches Kind ohne Mitgift, recht hübsch und jünger als er; und er eröffnete eine Osteria, aus der mit der Zeit eine der besten Trattorien der Stadt wurde: *Il Pesce Azzurro*, Der Blaue Fisch.

Inzwischen hatten sie einen Sohn, der bald dreizehn wurde, Pietro; doch vor diesem waren sieben andere Kinder geboren worden, die eins nach dem andern.

starben, sobald sie von der Amme wegkamen. Pietro schickten sie – sehr spät, aus Sorge um seine Gesundheit – aufs Seminar, denn das war die am nächsten gelegene Schule; unter die sogenannten Externen, das heißt unter die Schüler, die den Unterricht mit den Seminaristen besuchten, aber dann nach Hause gehen konnten und sich auch nicht wie diese kleiden mußten. Von der vorletzten Niederkunft war bei Anna, die im übrigen seit jeher unter hysterischen Beschwerden litt, die Anlage zu Krämpfen zurückgeblieben: eine Krankheit, die Domenico zum Lachen brachte, wie eine Art drolliger Einfall, den er nicht recht begriff. Und es ärgerte ihn, als ob seine Frau ihn dadurch beleidigen wollte, wenn sein Lachen keine Abhilfe schuf – und in der Apotheke mußte die Rechnung bezahlt werden.

Als Anna, die ihm blind ergeben war, nach all den Jahren eines Tages entdeckt hatte, daß er sie betrog, war ihr mehr als einmal, als risse man ihr mit beiden Händen das Herz aus dem Leib; und sie hatte das Gefühl, vor der Zeit alt und häßlich zu werden. Wenn sie daran dachte, wurden ihr die Augen naß; aber sie redete mit niemandem darüber: Denn obgleich sie zu allen freundlich war, wollte sie keine Freundschaften. Doch sie fühlte sich, mit einer beinahe rabiaten Güte, wie erstickt; und wenn sie an ihrem Kräuteressig roch, rannen ihr die Tränen bis auf die Lippen.

Wenn man das rundliche Gesicht der füllig gewordenen Frau sah, begriff man ihre jähen Wutanfälle nicht, die einen nervösen, aber unschuldigen Wesensgrund offenbarten; wie das Aufbegehren von gequälten Tieren. Tatsächlich lacht man, wenn eine geköpfte Henne herumflattert oder wenn ein Kaninchen quietscht und die Krallen herausstreckt!

Da sich beide einen Erben wünschten, wurden an

Domenicos Seite auch für sie die toten Kinder zu so etwas wie vergeblichen Versuchen, die man abschreiben mußte und die sicherlich zu etwas gut gewesen waren, wenn das Schicksal es so gewollt hatte. Mit um so abgöttischerer Zuneigung liebte sie Pietro. Aber ihrem Wesen nach war sie unfähig, ihm ihre große Zärtlichkeit zu zeigen, obwohl sie ihn am liebsten immer neben sich gehabt hätte. Wenn er an ihrer Schulter einschlief, hätte sie sich nie überwinden können, ihn von Rebecca, die seine Amme gewesen war und jetzt als Dienstmagd und Schankkellnerin fungierte, zu Bett bringen zu lassen.

Aber Domenico, mitten in der Arbeit, rief gereizt aus der Küche: »Wie lang willst du den Brocken noch am Hals hängen haben?«

Und damit er nicht selber kam und es mit seinen nackten Armen hochnahm, weckte sie das Kind und schickte es zu Bett. Und am nächsten Abend sagte sie leise und ärgerlich über ihre eigene Fügsamkeit: »Bleib weg, du störst mich.«

Aber Pietro hörte nicht darauf und zwängte sich zwischen sie und die Sessellehne und nahm ihre Hand; und die Augen fielen ihm zu vor Müdigkeit. Anna löste dann ihre Hand aus der seinen, denn sie mußte den Kellnern das Wechselgeld geben und die Kunden grüßen, die kamen oder gingen. Die Arbeit machte auch sie gereizt; aber gegen Mitternacht waren alle müde und sehnten sich nach Ruhe. Wenn noch jemand am Tisch saß, löschten sie nacheinander die Lichter in den anderen Räumen. Die Kellner wechselten ihre Jacken, die Köche zogen ihre Kittel aus. Diese Augenblicke des Rastens und Abwartens nutzte Anna, um die Wäsche auszubessern und sich in einigen Stickereien zu versuchen: den allereinfachsten, weil sie nicht zuviel ausgeben wollte und es auch nicht besser konnte. In ihrer Jugend war sie

Hausmädchen gewesen und hatte keine Zeit gehabt, etwas zu lernen. Aber sie konnte schreiben; und darin hatte sie eine solche Übung erworben, daß sie bei den Rechnungen für die Gäste nie einen Fehler machte.

Sie achtete darauf, daß alles in Ordnung gehalten wurde: die flachen und die tiefen Teller, die auf einer alten Mehltruhe gestapelt waren, das Brot und die Weinflaschen in der Vorratskammer. Und sie wußte mit den Lieferanten umzugehen. Die Zitronen suchte sie selbst aus, freilich unter der Oberaufsicht und mit Billigung von Domenico, und mit einer Penibilität, die sie mit Stolz erfüllte und die ihr Freude machte. War es dem Obsthändler wirklich einmal gelungen, ihr eine dickschalige oder verdorbene aufzuhängen, so streckte Domenico sie ihm unter die Nase und bestand auf einem Umtausch.

Wenn es ihr irgend möglich war, ging Anna eine halbe Stunde vor ihm zu Bett. Eines Nachts hob Domenico einen betrunkenen Lokomotivführer, der sich weigerte, das Lokal zu verlassen, einfach vom Stuhl auf und trug ihn auf die Straße. Der ließ sein Messer aufschnappen und stürzte sich auf ihn. Aber Domenico wich aus, und die Kellner warfen sich dazwischen. Anna, die dabeistand, den Kopf wie immer in einen Wollschal gehüllt, regte sich so auf, daß ihre Anfälle von da an häufiger und heftiger auftraten. Damit sie sich wieder erhole, sagte ihr der Arzt, solle sie sich soviel wie möglich in Poggio a' Meli, dem vor kurzem erworbenen kleinen Landgut, aufhalten. Am Samstag kam sie jedoch immer nach Siena, denn da war Markttag und sie hätte die Trattoria nicht im Stich lassen können. Pietro und Rebecca zogen mit ihr aufs Land. Domenico schlief in der Stadt; aber jeden Abend brachte er in seinem zweisitzigen Wägelchen der Frau für den nächsten Tag einen Henkelkorb mit Lebensmitteln; und er klemmte ihn zwischen die Beine, damit er nicht umfiel.

Poggio a' Meli lag außerhalb der Porta Camollia, an jener ziemlich einsamen Straße, die am Palazzo dei Diavoli beginnt und kurz hinter dem Kloster Poggio al Vento endet. Es war ein altes, rot verputztes Haus mit nur einem Stockwerk, direkt anschließend an den Weinkeller und die Wohnungen der Landarbeiter über den Ställen. Domenico fand das Rot sehr schön, während Anna – und das hatten ihr auch andere gesagt – lieber ein Himmelblau oder ein Kanariengelb ausgesucht hätte.

Man trat sofort in den Hof mit dem Ziehbrunnen auf der einen Seite und einer runden Weinlaube, unter der Domenico in der schönen Jahreszeit ein Dutzend Kübel mit Zitronenbäumchen aufstellte: der einzige Luxus anstelle eines Gartens. Er machte viel Aufhebens davon, obwohl diese Ausgabe ihm wenig einbrachte. Oftmals, je nach Stimmung, erlaubte er nicht einmal, daß Pietro sie anrührte.

Das Anwesen umfaßte ein paar Hektar: an der Straße mit der Hecke aus Stech- und Weißdorn ein winziges Stück ebenes und gut bestelltes Land, der Rest am Hang hinunter bis zum Graben des nächsten Hügels, auf dem sich die Mauern der Porta Camollia erheben.

An den Grenzen dicke, schwarze Eichen, dazwischen ein paar sehr hohe Nußbäume; und in der Senke Weiden und Gemüsebeete, denn da gab es Wasser. Von der Tenne aus blickte man auf Siena.

An jedem letzten Sonntag im Monat gingen die Landarbeiter nach der Messe in die Trattoria; und Rosi zahlte sie aus, wobei er sich von jedem ein Kreuz über die Stempelmarken kritzeln ließ. Dann setzte er ihnen auseinander, was er vorhatte, und besprach die Arbeiten. Er war immer unzufrieden, und jedesmal drohte er, sie fortzujagen. Wenn er schließlich mit immer lauterer Stimme die Anweisungen für den nächsten Tag wiederholt hatte, sagte er, sie könnten nach Hause gehen; und da es schon die Zeit war, zu der die Gäste zum Essen kamen, krempelte er sich sofort die Hemdsärmel hoch und ging in die Küche. Er selbst aß für gewöhnlich schon beim Zahlen.

Das Gehöft, obwohl klein und in der beschriebenen Weise gebaut, war schön. Es lag eine Anmut darüber, die zum Verweilen einlud: hinter dem Mäuerchen der Tenne fünf Zypressen in einer Reihe, und dann alles voller Oliven- und Obstbäume. Irgend jemand sagte, nachdem er sich zwei- oder dreimal umgesehen hatte: »Wenn es größer wäre, würde es einem nicht so gut gefallen!« Die Erde des ebenen Stücks Land war dunkel und rötlich, die übrige trocken und fest, fast gelb. Im Frühling überzog sie sich, abgesehen von den mit Pflug oder Spaten bearbeiteten Stellen, mit hunderterlei Grün; und der Herbst brauchte eine ganze Weile, um sie ihrer Farben wieder zu berauben.

Für gewöhnlich sah man auf der Straße morgens zu bestimmten Stunden ein paar Kapuziner; die Bauern und ihre Wagen den ganzen Tag; jeden Donnerstag gegen Mittag die Bettler auf dem Weg zur Klostersuppe. Im Herbst waren ein paar Familien von Sommerfrischlern sowie Pensionsgäste da, die sich abends im Freien aufhielten. Und sonntags bei schönem Wetter ein paar Gruppen, die sangen, nachdem sie in den Trattorien und Schenken vor der Stadt getrunken hatten.

Die Straße ist schmal und verläuft überall eben, mit ein paar Villen und mit anderen Gehöften; und dann natürlich Eichen, Kastanien, hölzerne Gittertore, gestutzte Hecken. Der Blick geht auf andere, wesentlich ansehnlichere Villen, die sich zur Kirche von Marciano hinaufziehen, und in Richtung der Maremmen auf eine Hügelgruppe sowie den Monte Amiata.

Wenn ein Gehöft in die Hände eines anderen Besitzers übergeht, der nicht gerade ein Dummkopf ist, beginnt es rasch, sich zu verändern, zunächst sichtbar für die, die etwas davon verstehen, und dann für alle. Und Rosi krempelte Poggio a' Meli geradezu um. Er hielt das Pferd an, wenn der Wind die Blüten der jungen Pfirsich- und Mandelbäume, die er hatte pflanzen lassen, mitten auf die Straße wehte. Fluchend hob er die Augen zu den Zweigen, die nur noch Blätter trugen; und er schlug mit der Peitsche nach Toppa, der voll Freude über seine Ankunft bellend herangesprungen kam. Ganze Stunden schritt er an den Reben entlang, um nachzusehen, ob sie etwa krank wären. Einer von den Landarbeitern ging immer hinter ihm her; und stets mußten sie ihm versichern, daß sie nichts dafür könnten. Wenn er den Eindruck hatte, ein Rebstock sei schlecht gebunden oder ein Pfahl stehe nicht fest, ließ er einen neuen Weidenstock holen und die Arbeit an Ort und Stelle und vor seinen Augen noch einmal machen.

Wegen des Schneidens der Olivenbäume kam es zu Diskussionen, die kein Ende nehmen wollten. Er setzte selbst die Leiter an der Stelle an, die er für die beste hielt; aber er stieg nicht hinauf, weil er zu schwer war: Unten, vom Boden aus, bestimmte er, welche Zweige weg müßten.

Oder er machte vor, wie man den Spaten halten mußte, um tiefer hinunter zu kommen.

Während des Mostabstichs putzte und schwenkte er eigenhändig die großen und kleinen Fässer; und er war nicht vom Abfluß des Bottichs wegzubringen.

Anna hing an Rebecca, die von ihrem Verführer sitzengelassen worden war, obwohl er sie zur Mutter gemacht hatte. Und da es auch Domenico recht war, hatten sie deren alte Eltern, Giacco und Masa, als Landarbeiter in Poggio a' Meli aufgenommen: arme Leute, die noch andere Töchter hatten, die auswärts verheiratet waren. Nach ein paar Jahren jedoch wurden sie beim Padrone vorstellig: Er möge auch Ghìsola aufnehmen, eine Enkelin, in Radda geboren, Tochter einer der Schwestern Rebeccas.

Giacco und Masa hätten nicht einmal einen halben rostigen Nagel weggeworfen. Giacco trug ein Paar Hosen aus grünem Barchent, die so mit Flicken übersät waren, daß von dem ursprünglichen Stoff nur noch da und dort ein kleiner Streifen herausschaute. Und Masa hatte das Tuch, das sie auf dem Kopf trug, schon als junges Mädchen erstanden.

Da es ihr nie gelang, das Essen rechtzeitig auf den Tisch zu bringen, verlor Giacco regelmäßig die Geduld; er fing an zu schimpfen und mit den Augen jeden ihrer Schritte zu verfolgen, so daß sie ganz durcheinanderkam und noch länger brauchte. Man mußte sie gesehen haben! Aus einem Blechkännchen goß sie einen Faden Öl, so dünn wie eine Nadelspitze. Nachdem sie es gut hatte abtropfen lassen, leckte sie mit der Zunge noch ein paarmal an der Öffnung. Das Öl fing in der kleinen Pfanne zu sieden an, und Masa warf Knoblauch und gehackte Zwiebeln hinein. Wenn der Knoblauch gelb geworden war, schüttete sie alles in den Topf voll Salzwasser; sie stellte ihn dann wieder aufs Feuer und schnitt inzwischen Brot auf, wobei sie den Laib gegen die Brust stützte und das Messer mit beiden Händen an sich heranführte. Der Hofhund Toppa ließ die Brosamen verschwinden, wie sie herunterfielen. Masa versuchte verzweifelt, ihn mit dem Fuß wegzuschieben: Sie wollte die Brösel für die Hühner aufheben!

Gleich wenn er hereinkam, wusch sich Giacco in einer von Lötstellen übersäten Kupferschüssel; dann setzte er sich hin und fuhr sich mit den kurzen, knotigen Fingern übers Gesicht.

Masa goß endlich das Wasser über das geschnittene Brot; und Ghìsola brachte die Tüten mit Salz und Pfeffer auf den Tisch und mußte sich tadeln lassen, weil sie mit den Schultern die Wand abwetzte, wenn sie durchs Zimmer ging.

Giacco war in Gedanken noch bei dem Kalb, das ihm mit dem Maul über den Rücken gefahren war, während er ihm den Trog mit Gras füllte, so daß er es weggeschoben und gesagt hatte: »Siehst du nicht, daß du mich ganz voller Haare machst?« Und er befahl seiner Frau: »Stell den Trank für das Kalb aufs Feuer, bevor du dich hinsetzt. Du weißt es genau, aber du tust immer, als hättest du's vergessen.«

Wenn die Arbeit vorbei war, erinnerte er sich mit großer Zärtlichkeit an diese Liebkosungen im Stall: Der Atem des Kalbs war warm und feucht, wie sein Schweiß. Und er aß schweigend, während er daran dachte.

Manchmal klopfte Anna an ihre Tür. Dann sprangen alle drei auf: »Das ist die Padrona. Geh und mach auf! Wie lang brauchst du noch?«

Einen ganzen Winter lang sah Pietro Poggio a' Meli nicht wieder; er hörte nur den Vater und die Gäste darüber reden: neue Weinstöcke, Obstbaumsetzlinge, reichere Aussaat; und dann der Wein der ersten Lese: ein Wein, ganz hell, der nach Schwefel schmeckte und im Magen brannte.

Manchmal kam Ghìsola in die Trattoria, still an der

Seite ihrer Tante Rebecca; und Pietro betrachtete sie, ohne zu ihr hinzugehen. Aber er hatte keine rechte Freude daran; und es war, als hätten sie nie miteinander geredet.

Nach ein paar leichten Fieberanfällen kehrte er gegen Juni mit der Mutter aufs Land zurück. Da das Haus einige Monate im Jahr verschlossen blieb, empfing sie dort immer ein Geruch nach Mörtel und Mäusen; und um mit den Schlössern zurechtzukommen, brauchte es Kraft. Das erstemal riefen sie Giacco, damit sie sich nicht an den Händen weh taten; und Masa wurde beauftragt, den Staub und die Spinnweben in den Zimmern wegzuputzen.

Auch Ghìsola half; aber sie durfte nichts anfassen, was hätte zerbrechen können.

Am ersten Tag fühlte Pietro eine Erregung, die ihm fast das Bewußtsein raubte; und zudem schmerzten ihn noch die geschwollenen Drüsen hinter den Ohren.

Mit einem Ruck riß er alle Pflanzen aus, die ihm in die Finger kamen; er brach die Schößlinge von den Reben; oder er schlug mit einem Pfahl so lange auf einen Baum ein, bis die Rinde abblätterte. Er riß den Grillen die Füße und Flügel aus und spießte sie dann auf eine Nadel. Er paßte auf, ob eine Wolke über ihm stand; und wenn sie vorbei war, wartete er auf die nächste, fast als wolle er sich ihnen zeigen.

Zuletzt fing es zu regnen an, ohne daß es gedonnert hätte. Nicht mehr als ein Tröpfeln, das kaum die Dachrinne füllte. Dann, nachdem die Wolken aufgerissen waren, standen ein paar Lichtflecken über den Hügeln hinter dem Regen, der sie in einen Schleier aus hauchdünnen Fäden hüllte, die der Wind samt und sonders hätte zerreißen können. Und plötzlich wölbte sich der Regenbogen, als hätte er bereits immer dagestanden.

Nach dem Abendessen rief Anna Masa und die anderen

Bauersfrauen ins Haus; sie drängten sich stolpernd herein.

»Setzt euch hin.«

Sie antworteten wie immer: »Aber, Signora Padrona, wir wollen keine Umstände machen.«

»Ich habe gesagt, ihr sollt euch hinsetzen.«

Anna legte Wert darauf, die Signora zu sein und respektiert zu werden, doch sie mochte diese Frauen wirklich.

Ghìsola saß ernst und aufmerksam hinter den anderen. Pietro, der lernen sollte, betrachtete ihre gescheitelten Haare, die wie auf die Spule gewickelter Zwirn aussahen; dann nahm er keine Notiz mehr von ihr, bis die Mutter ihr auftrug, ein Knäuel aus dem anderen Zimmer zu holen. Sie gehorchte unverzüglich, wie eine große Marionette; danach kauerte sie sich wieder hin, die Augen aufmerksam auf die Häkelarbeit der Padrona gerichtet und die Füße auf der Stuhlleiste.

Anna, die das bemerkte, rückte auf dem Kanapee etwas nach hinten; sie hob die Hände und sagte: »Also: Die Nadel hält man so, dann nimmt man mit ihr das Garn auf... wickelt es so herum... und fängt wieder an. Da kann man nichts falsch machen.«

Orsola, deren Nase von einer Erweiterung der Äderchen gerötet war, rief, ohne etwas begriffen zu haben: »Was sie alles kann!«

Masa wandte sich zu ihrer Enkelin: »Wärst du nicht froh, wenn du das auch lernen könntest?«

Orsola kratzte sich mit ihrer Stricknadel im Haar und sagte: »Ghìsola ist noch jung, und ihre Finger taugen für so was. Aber unsere sind nicht mehr so gelenkig.«

»Und wir können nicht mehr so gut sehen.«

Das kam von Adele, die die schlechtesten Augen hatte.

»Was können wir denn überhaupt? Ein bißchen Wasser kochen für unsere Männer. Und auch das noch schlecht.«

Alle lachten, und Masa rief: »Aber schaut nur, was für feine Finger die Padrona hat! Man möchte es nicht für möglich halten!«

Anna ließ die Häkelarbeit sinken; und errötend legte sie eine Hand auf den Tisch ins Licht, so daß man sie von beiden Seiten sehen konnte: klein und rundlich, mit kurzen und breiten Nägeln.

Pietro hörte zu, aber es kam ihm vor, als ob die Personen um ihn herum sich wie in einem Traum bewegten; und als sich die Mutter ihm zuwandte, mußte sie zwei- oder dreimal das gleiche sagen: »Warum bist du denn so zerstreut? Dabei hörst du doch, was man sagt!«

Von einer seltsamen Ängstlichkeit erfüllt, scheute er sich zu antworten. Und er ging vom Stuhl zum Kanapee, unfähig, sich aus dem Bann eines Schreckens zu lösen, an den er sich gewöhnt hatte; dabei überfiel ihn jene Faszination der Fremdheit, die ihm bisweilen ein erschreckendes Wohlbehagen vermittelte – bis der Schlaf seinen Kopf auf die Knie sinken ließ. Ghìsola kam auf einen Wink der Padrona heran und stach ihn ganz vorsichtig mit einer Stricknadel in die Hand, damit er wieder zu sich komme. Pietro tat zuerst so, als ob er es nicht spüre, noch ganz eingetaucht in seine dumpfe Versunkenheit. Dann schlug er nach ihr, ohne dabei den Blick zu heben. Jetzt war Ghìsola ein Teil jener kalten Realität, die weniger Gültigkeit besaß als seine Traumwelten. Er empfand diesen Unterschied mit bitterem Schmerz.

»Du hast mir weh getan!«

Er begann unruhig zu werden, das Gesicht blaß und wie erschöpft; und damit er nicht zu weinen anfing, schickte Anna die Bäuerinnen vor der Zeit nach Hause. Ghìsola hatte sich, ängstlich und beinahe gekränkt, sofort aus dem Staub gemacht.

Der Regen, der mit dem Dunkelwerden wieder eingesetzt hatte, fiel mit leisem Prasseln auf die Glühwürmchen, die nicht ausschwärmten. Das eine oder andere klebte an einem Grashalm und rührte sich nicht: Man sah sein Licht immer noch schimmern, unbeweglich unter den fallenden Tropfen.

Pietro ließ sich ausziehen, mit Augen, die, voll von Träumen, nicht mehr offenbleiben wollten. Als er im Bett lag, schaute ihn die Mutter an und sagte: »Es ist schon der dritte Abend, daß du nicht einmal mehr ein Ave-Maria gebetet hast! Mach das Kreuzzeichen!«

Er hätte gehorcht, wenn er wacher gewesen wäre: Er bewegte den Arm, aber er kam nicht bis zur Stirn; und dabei spürte er das Zeichen des Kreuzes auf seinem Leib, im wonnevollen Nachkosten dessen, was er zu Ghìsola gesagt hatte. Im Einschlafen sah er noch die Mutter, die wie ein Schatten um sein Bett ging, um ihn zu segnen.

»Sag mir wenigstens gute Nacht!«

Aber er schlief tatsächlich schon, als Anna hinausging, nachdem sie ihm unterm Plumeau die Bettschuhe und die Unterhose angezogen hatte; und sie suchte den Schein des Lichts mit ihrem ganzen Körper abzudecken.

Pietro erwachte um Mitternacht. Er hörte eine Nachtigall, vielleicht in den Eichen neben dem Hof. Ihre Töne erschienen ihm wie Worte, auf die eine andere in der Ferne erwiderte. Er lauschte beiden lange, ohne es eigentlich zu wollen; und er stellte sich vor, daß Ghìsola draußen wäre, um sie zu fangen. Aber er fragte sich, warum ihm die Dinge und Menschen um ihn herum nicht anders erscheinen konnten als in einem unruhigen und schweren Alptraum.

Dann, im Traum, empfand er seine Bosheit; und es war ihm, als fluche er diesem Gesang.

Masas Öllämpchen war umgekippt, weil sich der Stift gelöst hatte; und nun wartete sie darauf, daß ein Unglück geschehe.

Sie setzte sich auf den erloschenen Herd, dessen Steine noch warm waren: die Hände in den Falten des Rocks verkrampft, der zwischen den Schenkeln herunterhing, dann wieder die Brauen reibend oder sich den Magen haltend, auf dem sie einen schweren Druck verspürte.

Als sie die Schritte von Orsola, Carlos Frau, hörte, rief sie ihr, obgleich sie eigentlich lieber geschwiegen hätte: »Wißt Ihr, was mir passiert ist?«

»Nein. Was ist Euch denn passiert?«

Masa bewegte die Lippen, ohne ein Wort herauszubringen.

»Sagt es mir, spannt mich nicht auf die Folter. Warum habt Ihr mich gerufen?«

»Ich habe das Öl verschüttet.«

»Macht Ihr Spaß?«

»Nein, ich bin nicht so wie Ihr! Mit solchen Dingen kann ich nicht spaßen!«

»Ich auch nicht. Damit Ihr's wißt!«

Masa hätte ihr am liebsten eine Ohrfeige gegeben. Orsola überlegte mit gesenktem Kopf, welches Unglück der anderen wohl zustoßen könnte.

»Und dabei hab' ich doch gar nichts Schlechtes getan.«

»Diese Dinge machen vor keinem halt, das wißt Ihr doch. Erinnert Ihr Euch noch, wie der Fuchs die Glucke zerriß, die ich ins Haus zu sperren vergessen hatte? Damals hatte *ich* das Öl verschüttet. Und mein Mann wollte mich auch noch prügeln, als ob es nicht schon so gereicht hätte!«

Masa preßte die Hand gegen die Wange; Orsola kratzte sich an der Brust, indem sie mit der Faust die Jacke hin und her rieb. Dann sagte sie: »Nehmt es Euch nicht so zu Herzen. Und erzählt es mir, wenn es geschehen ist: Ich möchte es auch wissen.«

Und sie ließ sie allein.

Masa ging Giacco und Ghìsola entgegen, um sich zu vergewissern, daß sie auf dem Feld nicht der Tod ereilt hätte. Doch Giacco erzählte sie nichts, um nicht gescholten zu werden; Ghìsola wurde von einem abergläubischen Schrecken gepackt, und sie wollte nicht in die dunkle Schlafkammer, um die Schürze zu wechseln.

Aber da sie von einer Pappel, auf die sie allein hinaufgeklettert war, ein Nest mit fünf jungen Spatzen heruntergeholt hatte, legte sie es auf ihre Knie; und sie begann, die kleinen aufgerissenen Mäuler mit Brosamen zu stopfen. Sie wollte die Vögelchen aufziehen; doch plötzlich kam sie, vom Schrecken erregt, die Lust an, sie umzubringen. Ein paar schlossen die Augen; eines hob unvermittelt die Flügel und fiel dann wieder zurück; darunter piepste ein anderes ohne Unterlaß.

Da zerquetschte sie mit den Fingern jedem den Kopf; und sie briet die Spatzen in dem Zwiebelpfännchen. Masa, die nicht davon kosten wollte, versuchte vergeblich, vor dem vom Rauch geschwärzten Kruzifix auf andere Gedanken zu kommen. Sie setzte sich hin, schüttelte den Kopf, stand wieder auf und schaute vor die Tür.

Toppa kam herein, verschwand unter dem Tisch und schnupperte an jedem einzelnen Stuhl, wobei er mit dem Schwanz gegen die Kanapeedecke schlug; dann lief er wieder hinaus.

Was hatte das zu bedeuten? Großmutter und Enkelin sahen einander in die Augen.

Aber das Unglück traf nicht ein; und nach dem Abendessen sagte Orsola zu Masa: »Jetzt ist keine Gefahr mehr.«

Sie war neidisch; und nachdem sie sich vergewissert hatte, daß das Öl tatsächlich verschüttet worden war, dachte sie: »Die hat immer Glück!«

Ghìsola stellte sich ans Fenster und spuckte von Zeit zu Zeit auf etwas, das sie in der Dunkelheit nicht erkennen konnte. Dann schaute sie ein wenig zum Himmel hinauf, an dem immer wieder ein neuer Stern erschien.

Ein feuchter, sepiafarbener Wolkenstreifen teilte exakt den nachtblauen Himmel von dem im letzten Sonnenlicht liegenden Horizont. Die Wipfel der Olivenbäume sahen aus wie ein eingeholtes und um die Zweige gewickeltes Segel.

Die Zypressen im Hof waren schwarz.

Die Mücken und die Nachtfalter streiften die Stirn des Mädchens; und ein unbekannter Duft mischte sich in den warmen Geruch des unten liegenden Stalls.

Eine Zikade zirpte durchdringend von einem Pfirsichbaum, dessen Blüten weich und klebrig waren: als ob er geträumt hätte.

Das Mehl! Masa wußte genau, was das Mehl war und wieviel es kostete: das Mehl, das ihr an den Fingern hängenblieb; das wohlverschlossen in der Truhe lag, umgeben von fast abergläubischem Respekt.

Sie aß die Brotscheiben wie ein Kind aus den Bergen, das sich zum erstenmal ein Stück Kuchen in den Mund steckt und Angst hat, zu schnell damit fertig zu werden.

Ohne es mit den Lippen zu berühren, Bissen für Bissen mit langsamer Bewegung des ganzen Mundes kauend, schluckte sie es hinunter, die Augen fest auf das gerichtet, was sie da in ihren Händen hielt, und ein Bein über das andere geschlagen.

Das Mehl, das war sie selbst und ihre ganze Familie. Und Giacco sagte oft: »Sind wir nicht auch aus Brot gemacht?«

Und wenn er den nackten Arm in einen Sack Korn steckte, um sich zu vergewissern, daß es sich auch nicht erwärmt hatte, sah es aus, als wollten alle Körner einzeln darum kreisen. Masa fragte ihn: »Sind die weißen Fliegen hineingekommen?«

»Da wäre es besser, du würdest dir alle Rippen brechen.«

Masa wurde rot, aber sie war zufrieden.

Agostino, Sohn eines Pferdehändlers, dem zwei Gehöfte gehörten, die an Poggio a' Meli grenzten, sah es nicht gern, wenn Pietro zu oft mit Ghìsola sprach: aus jener Eigenliebe, die in der Jugend der Eifersucht ähnlich ist. Und er war sich darüber klar, daß Pietros unschuldiger Respekt ihm eigentlich Abscheu einflößen sollte – und zugleich Mitleid, wie eine Schwäche.

Tatsächlich weckte Ghìsola in ihrem jungen Herrn ein Gefühl der Unsicherheit und Befangenheit; aber er wollte stark sein und suchte sich einzureden, daß er die Freundschaft Agostinos vorziehe. Bei ihm wurde er nachgiebig und folgsam und mühte sich, auch das zu erraten, was der andere nur dachte, ohne es eigens auszusprechen. Mitunter genügte es, daß Agostino mit befehlendem Blick auf einen Stein schaute, den er nach einem gerade entdeckten Vogel auf einem Baum neben der Straße schleudern wollte, und schon hob Pietro ihn auf. Und wie der Wind Agostinos offenes Hemd blähte! Warum hatte er, Pietro, keine solchen Handgelenke, keine solchen Brauen, Ohren, kein solches Hemd? Und warum fühlte er sich, wenn er versuchte, sich wie der andere zu geben, mit der gleichen nonchalanten Miene, so mutlos, so kraftlos, so voller Angst, den Zorn Agostinos hervorzurufen? Warum konnte er diesen zornigen, undurchdringlichen, hellen Blick nicht ertragen, wenn er auf Fragen nicht antworten wollte oder einen Befehl nicht erraten hatte? Dieser Blick ließ ihn zusammenfahren, wie wenn man ohne Vorwarnung plötzlich mit den Füßen in ein Becken voll Wasser tritt.

Agostino hatte eine kleine, kurze Kindernase voller Sommersprossen; aber sein Hals war wie der einer schönen Frau; die Hände wohlgeformt. Seine Gespräche mit Ghìsola, die aus unzusammenhängenden, ganz gewöhnlichen Worten bestanden, deren Sinn nur die beiden verstehen konnten, weckten in Pietro überraschende Empfindungen, die ihm von allein nicht einmal im Traum gekommen wären. Und das Vergnügen, ihnen zuzuhören, war groß! Auch schien es ihm, er könnte weiß Gott was daraus lernen.

Ghìsola hatte ein angenehmes Lächeln, wenn sie gewisse Dinge sagte, die nur ihr einfallen konnten; und Pietro hätte sie sich fürs Leben gern gemerkt, ebenso wie ihre Lieder. Aber er brachte es nicht einmal fertig zu singen; und er schämte sich deswegen. Manchmal, wenn er nicht wollte, daß sie lachte, ärgerte er sie mit Absicht.

Unter dem großen Strohhut, der ihr immer übers Ohr rutschte und mit einem verschlissenen Atlasband und zwei Röschen verziert war, die Anna weggeworfen hatte, wirkte Ghìsolas Gesicht auf ruhige Weise nichtssagend und oberflächlich.

In ihrem notdürftig geflickten Rock erschien sie mehr als schlicht und fast dumm.

Es gibt Wesen, die von niemandem etwas verlangen und von vornherein auf alles verzichten; und da sie weniger geachtet werden als die anderen, glaubt man, man könne mit ihnen machen, was man wolle. Daher finden sie alles, was die anderen angeht, unangenehm. Auch wenn jemand sie liebt, wollen sie sich nicht ändern und fragen sich, welchen Preis sie für dieses Gut zu zahlen hätten. Und dann gehen sie ihm aus dem Weg.

Wenn Masa mit den Knöcheln an Ghìsolas Stirn schlug und sagte: »Was hast du bloß da drin?«, erwiderte diese fast wütend: »Was wißt Ihr denn davon? Was geht Euch denn das an?«

Manchmal war sie, mit grimmigem Vergnügen, davon überzeugt, daß in ihrem Gesichtsausdruck etwas Verletzendes liege. Wenn die anderen redeten, blieb sie still: Man würde ihr ja doch nicht glauben. Nichts interessierte sie; sie gehorchte Masa und der Herrschaft, denn von allein wäre es ihr nicht einmal eingefallen zu stricken. Und es erfüllte sie mit Mißbehagen, daß alles, was existierte, nicht nur in ihr war.

Bisweilen schien es sogar, als rede sie mit den Stufen vor der Haustür, wenn sie, wie gewöhnlich, darauf saß.

Sie hätte es nie gewagt, irgendeine Idee zu haben – denn sie hatte zu viele, die sich für sie nicht schickten. So wie sie es, wenn sie in die Trattoria kam, auch nicht wagte, nach den Köstlichkeiten zu fragen, die sie dort sah; statt dessen trieben sie ihr die Röte ins Gesicht und machten sie beklommen wie die warmen Räume, an die sie nicht gewöhnt war.

Aber es erfüllten sie eine Vorahnung und eine Gier nach Leben, die ihr den Kopf verdrehten, wie der Reichtum und der Luxus der anderen.

Pietro erlebte – mit Dankbarkeit – in Ghìsolas Nähe seine ersten zarten Empfindungen. Er bewunderte eine Blume, und plötzlich kam ihn die Lust an, sie für sie zu pflücken; und da er sich schließlich doch nicht getraute, warf er sie weg; er konnte an sein Gefühl noch nicht glauben und fühlte sich dadurch herabgesetzt. Und die ganze Natur erschien ihm mit einem Schlag so geheimnisvoll, so gewaltsam! Etwas, an dem man verzweifeln konnte!

Er hatte bäuchlings auf der Erde gelegen und die Arme um ein Küken geschlossen, um es bei sich zu halten! Er hatte den Ameisen geholfen und ihnen einen Stecken aus dem Weg geräumt, über den sie hinwegklettern mußten: zögernd erst und dann verzweifelt, schwankend unter der zu großen Last, die sie nach rückwärts fallen ließ! Er hielt voll Zärtlichkeit einen Marienkäfer in der Hand und machte ihm Vorwürfe, wenn er davonflog!

Er versuchte, seine melancholischen Stimmungen zu überwinden, aber er konnte sich nicht so aus ihnen lösen, wie er es gern gewollt hätte. Manchmal wurde er plötzlich herausgerissen; und danach verfiel er in einen wirren und dumpfen Gemütszustand, der immer verfliegen zu wollen schien und dennoch anhielt. Und er hatte die Vorstellung, sein Geist nähme so enorme Ausmaße an, daß sich seine Gedanken, samt ihrem plötzlichen Widerhall, darin verirrten wie in einem zu großen Zimmer. Wie viele Male hatte er sich nicht schon für verloren gehalten, während die Bilder von außen ohne Unterlaß auf ihn einstürmten! Bald glaubte er, die eigene Seele zu fassen, bald entschwand sie ihm wieder; und dieses Hin und Her verursachte ihm ein Übelsein wie bei einem Schwindelanfall.

Manchmal kam es ihm vor, als wäre er in der Schule und plötzlich käme eine große Trommel herein; und dann fühlte er eine solche Lust zu lachen, daß er erschrak und einen Schrei des Entsetzens unterdrücken mußte. Anna glaubte, er würde krank; und sie legte ihm eine Hand auf die Stirn und sagte: »Hast du Fieber?«

Dann schrie er sie an: »Nein, nein! Laß mich in Ruh!«

Es war ein Jahr seit der Nachtigallen-Nacht, ein Jahr wie jedes andere: die Trattoria und die Gäste, Poggio a' Meli und die Landarbeiter.

In diesem Frühjahr trug sich Domenico mit großen Plänen für die Ernte, die er sich besser als zuvor erwartete. Er ging öfter aufs Landgut, gleichsam um sich für die Strapazen in der Trattoria zu belohnen. Und da es mild war, nahm er stets Pietro mit. Dem tat es gut, und so würde er vielleicht nicht wieder krank!

Domenico wollte, daß sein Sohn aufs Feld ging und sich ebenfalls mit den Weinstöcken, die geschnitten werden mußten, und all den anderen Angelegenheiten abgab. Aber es war, als ob Pietro nichts sähe und nichts hörte. Der Vater schickte ihn dann mit einer der Frauen zurück, die gerade mit einem Bündel frischem Gras oder mit dem Unkraut aus dem umgestochenen Boden wieder zum Hof hinaufging.

Einmal hatte sich Pietro, um auf den Vater zu warten, auf Giaccos Treppe gesetzt, wo Ghìsola immer saß, denn ohne es zu merken, tat er, was sie tat. Masa kehrte mit dem Besen, der an einem alten Schirmstock befestigt war; und sie wirbelte dabei so viel Staub auf, daß er den Geschmack davon im Mund spürte. Sie bat ihn: »Stehen Sie auf.«

Aber er rührte sich nicht. Und die Alte hielt inne.

Unter den Lumpen von jeglicher Farbe, den Haarbüscheln, den kaputten Schächtelchen lag auch eine Puppe aus einem Fetzen weißen Stoffs, den man um einen Kochlöffel gewickelt hatte. Pietro verspürte Lust, sie aufzuheben, und er stand auf. Doch die Alte, die nur darauf gewartet hatte, warf den Kehricht zur Tür hinaus. Und nun schien diese Puppe, die auf dem Rücken liegengeblieben war, Pietro wie lebendig. Und er rührte sie nicht an. Ghìsola, die vom Feld heraufkam und sie im Kehricht entdeckte, sagte nichts, denn die Großmutter hatte ihr schon lange in den Ohren gelegen, die Puppe wegzuwerfen, aber sie verzog das Gesicht zum Weinen. Masa schrie sie an: »Denkst du immer noch an solches Zeug?«

Pietro, der sie ärgern wollte, stieß die Puppe mit der Ferse in den Schlamm; und dann trat er darauf, heftig und mit klopfendem Herzen, voll Angst, sie wieder hochkommen zu sehen. Blaß.

Ghìsola sah ihm von der Tür aus zu und murmelte: »Dummkopf!«

Pietro hatte ein schlechtes Gewissen und setzte alles daran, sie wieder zu versöhnen; aber sie kehrte ihm den Rücken und aß ein Stück Brot, das sie im Kasten gefunden hatte. Da holte er sein Taschenmesser heraus und stach sie in den Schenkel. Das Mädchen, blaß geworden, versuchte, sich nichts anmerken zu lassen. Er glaubte, es habe ihr nicht weh getan, und gekränkt und gereizt machte er, mit dem Taschenmesser in der Hand, Anstalten, sich ein zweites Mal auf sie zu stürzen; aber sie versetzte ihm einen Tritt und rannte, das Brot fallen lassend, in die Schlafkammer. Durch das Rumpeln der Stühle alarmiert, hörte die Alte mit dem Fegen auf und kehrte ins Haus zurück; sie ging zu Ghìsola, die man leise weinen hörte, mit jenem anhaltenden, gleichmäßigen Wimmern, das ohne Übergang abbricht.

Pietro, der, vor Entsetzen unterdrückt kichernd, allein in der Küche stand, schlich sich heran, um zu schauen. Doch in diesem Augenblick kam Masa heraus und schrie voller Zorn: »Was fällt Ihnen ein, sie blutig zu stechen? Sie dürfen nicht so böse sein! Ich will das nicht. Das werde ich dem Padrone sagen.«

»Ich kann nichts dafür.«

Es fehlte nicht viel, und Masa hätte ihm, außer sich, etwas an den Kopf geworfen.

Pietro, überzeugt von dem, was er sagte, verstieg sich sogar zu gewissen Schwüren, die zu lernen ihm großen Eindruck gemacht hatte – geradezu glücklich, daß er sie nun anbringen konnte.

Aber Domenico und Anna schlugen ihm auf die Hände, in Gegenwart von Masa und Ghìsola; und er mußte um Verzeihung bitten. Danach fühlte sich Pietro, obwohl ihm die Strafe beinahe Freude bereitet hatte, lange Zeit wie erloschen, gleichsam als ob alle seine Scherze in irgendeinem Schrecken enden müßten. Er wurde so abergläubisch, daß er nicht einmal mehr spielen mochte, da er glaubte, über kurz oder lang würde etwas ganz Schlimmes passieren. Der Beweis dafür war ihm schon vor zwei Jahren geliefert worden: Damals hatte er einen Jungen, der, ohne daß Pietro es wußte, hinter einer Hecke stand, mit einem Stein getroffen. Und so nahmen seine Gespräche mit Ghìsola einen ernsteren Ton an, fast als ob seine Worte eine neue Bedeutung verbergen müßten.

Als er sie ein paar Monate später zufällig allein auf dem Feld antraf, ging er zuerst weg, machte dann aber kehrt und wagte sie zu fragen: »Hab' ich dir sehr weh getan?«

Der Anblick ihrer Füße, die in der frisch gehackten Erde versanken, löste ein Gefühl der Bestürzung in ihm aus. Sie aber sah ihn lächelnd an: »Wann?«

»Als ich dir, ohne daß ich es wollte, das Taschenmesser ins Fleisch gestoßen habe.«

Schon dieses irritierende Lächeln hatte ihn aus dem Konzept gebracht.

»Denken Sie immer noch daran?«

Er wunderte sich, bei ihr auf eine gänzlich andere Reaktion zu stoßen, als er erwartet hatte; und er fragte sie: »Hast du es vielleicht vergessen?«

»Gleich danach.«

Es schien ihm, als wollte sie sagen: »Das sind böse Geschichten, und man denkt besser nicht mehr daran.«

»Aber du mußt doch Schmerzen gehabt haben. Wenn du mit mir jetzt das gleiche machen willst ...«

»Ich?«

»Ich schwöre dir ... Du weißt, wenn ich schwöre, kannst du dich darauf verlassen. Habe ich dir vielleicht nicht weh getan?«

Er erklärte ihr, daß sie ihm mit ebendiesem Taschenmesser die gleiche Wunde beibringen solle; und um ihm zu verstehen zu geben, daß sie ihn ernst nehme, erwiderte sie: »Wenn Sie wollen ...«

Doch die Zustimmung raubte ihm schon einen Teil seiner Lust.

»... Aber es dürfte niemand erfahren.«

»Ich werde sagen, daß ich es selbst war.«

Er wollte ihr das Taschenmesser in die Hand drücken; aber sie entwand sich ihm sofort und zog ein ungläubiges Gesicht.

»Habe ich jemals gelogen? Ich heiße schließlich nicht Agostino!«

Aber sie schien ihm über sein beharrliches Ansinnen so verärgert, daß er wegging und mit den Händen auf die Ähren des schon hoch stehenden Hafers einschlug: ganz konfus und fest entschlossen, sich nie mehr bei ihr blicken zu lassen. Und die Vorstellung ihrer Nähe verursachte ihm ein geradezu widerwärtiges Mißbehagen. »Vielleicht«, dachte er, »hat sie wegen der Großmutter und der Tante nicht gewollt.«

Ghìsola dagegen war überzeugt, daß er es nicht ehrlich gemeint hatte: Und sie grollte dem Sohn des Padrone mit dem instinktiven und bösen Groll jener, die gehorchen müssen.

Im übrigen glaubte sie nur zu gern, daß er nicht aufrichtig sei: Ein Grund mehr, ihn nicht zu mögen! Wenn sie ihn von weitem sah und er aus Verlegenheit nicht einmal zu ihr herschaute, fing sie an zu singen.

In der Schule störte Pietro die Banknachbarn mit seiner nervösen Lustigkeit; er erzwang ihre Aufmerksamkeit, dachte sich Spitznamen für sie aus und wurde böse, wenn sie nicht auf ihn achten wollten. Und nicht einmal wenn alle schwiegen, nahm er die Stimme des Lehrers wahr, obgleich die eine oder andere Antwort der Kameraden an seine Ohren drang und eine seltsame Wehmut in ihm weckte.

Er stand vor dem Abschluß der Elementarschule, und er war der Älteste und der Schlechteste; und die Seminaristen lachten über ihn.

Manchmal, wenn er versucht hatte, etwas mitzubekommen, strengte er sich an, den ganzen Rest der Stunde aufzupassen; und wenn sich die Mißachtung der anderen noch vergrößerte, so fand er fast Gefallen daran, obgleich er sich darüber beklagte. Nach solchen Versuchen zur Aufmerksamkeit kam er heim, das Gehirn fast umgestülpt, mit pochenden Schläfen, unfähig sich hinzusetzen und zu lernen; völlig erschöpft, ohne daß er etwas getan hätte: Er legte das eine Buch weg und nahm ein anderes und legte auch das aus der Hand, ohne darin gelesen zu haben; er merkte nicht einmal mehr, daß sie vor ihm lagen.

Dann brachten ihm das Hin und Her und das Stimmengewirr in der Trattoria Ablenkung.

Übrigens hätte Pietro seine Hausaufgaben vor den weniger wohlhabenden Gästen machen müssen, die an einem langen Tisch aßen, auf dem jeder eine kleine Serviette vor sich ausgebreitet hatte: In den Rinnen, die durch die Bügelfalten gebildet wurden, sammelten sich die Brotkrümel, die Pietro später aufpickte.

Diese Gäste, die mit Domenico und Anna inzwischen auf freundschaftlichem Fuß standen, brachten ihn mit ihren Neckereien zum Lachen: »Was willst du dir denn die Augen verderben? Tu lieber was Lustigeres.«

Aber da erhob sich Anna aus ihrem Sessel, der in der dunkelsten Ecke des Raums stand, hinter einem hölzernen Paravent mit einem runden Guckloch darin, durch das sie die Kellner und das Schankmädchen beobachten konnte; und sie sagte: »Lassen Sie ihn in Ruhe!«

Und dann lachte sie selber.

Im Sommer, wenn sich ein Lüftchen regte, sah man die Rauchschwaden von den Pfeifen und Zigarren durchs offene Fenster ziehen, und die Gäste zogen sich die Jacken aus; im Winter dagegen ließen sie einen Wärmtopf herumgehen.

Sie trieben ihren Spaß miteinander, indem sie sich gegenseitig das Brot und das Obst wegnahmen. Wenn einer zu sehr fluchte, wurde Anna blaß und schaute ihn an. Dem blieb dann das Wort im Mund stecken, und alle übrigen verstummten auch. Und das Gespräch nahm eine andere Wendung.

»Fluchen gehört sich nicht. Das könnt Ihr draußen machen, auf der Straße!«

Der Angesprochene wurde rot: »Aber gestern bin ich es nicht gewesen! Nicht wahr, Padrona?«

Alles lachte. Und Anna dachte sofort an etwas anderes.

Dann rief einer: »Ach, kommen Sie, bringen Sie uns etwas zu trinken! Aber nicht von dem Verwässerten. Tun Sie uns das nicht an!«

Wer noch ein bißchen Wein im Glas hatte, leerte es und stellte es zu den anderen in die Mitte des Tischs.

Anna, die sich eine Flasche hatte bringen lassen, fragte: »Wieviel soll's sein?«

»Für einen Soldo.«

»Ich für zwei ...«

Adamo hielt das Glas gegen das Licht: »Auch heute hat's im Keller geregnet!«

Wenn ein Gast aus den anderen Räumen vorbeikam, hörten alle zu reden auf, so gut es gehen wollte, und folgten ihm mit den Blicken.

»Das ist der Soundso.«

Manchmal fingen sie an zu singen. Aber dann kam Domenico mit einem Schöpflöffel aus der Küche. Alle hoben die Hände: »Halt! Halt! Wir gehen ja schon!«

Streitereien waren selten; und wenn sie einmal vorkamen, trübten sie die Freundschaft nur für kurze Zeit. Normalerweise beschimpften sich die Kontrahenten nicht direkt; vielmehr wandte sich jeder an die übrigen und legte den Fall dar, als ob es sich um eine Erzählung handle: zuerst leise, dann mit Vehemenz und fluchend, schließlich mit den Fäusten auf den Tisch schlagend und vom Stuhl aufspringend. Wenn die Streithähne schon fast handgreiflich wurden, rief einer: »Es ist eine Schande! Auch für den, der zuhört!«

Auch Anna hielt nicht mehr an sich; und die Serie von Schimpfworten wurde schließlich durch einen großen Bissen beendet.

Wenn Adamo mit der nervösen Attitüde eines verwöhnten Dämchens zu Domenico sagte, er möge ihm auch etwas Gutes bringen, so war es, als erflehe er eine Gunst. Nachdem er ihm ins Gesicht gesehen hatte, wandte er sich – wartend – ab, immer in der Angst, man könnte in der Küche über ihn herziehen. Und wenn er dann nach zwei oder drei Bissen das Gericht nach seinem Gusto fand, atmete er erleichtert auf, spuckte aus und widmete sich endgültig dem Essen. Hatte er so seine gute Laune wiedergefunden, war er der erste, der Giacomino weckte, indem er ihm eine Apfelschale in den Kragen steckte. Ältlich, klein und korpulent, immer auf seinem Schnauzbart herumkauend, änderte Adamo seine Stimmungen wie ein Kind. Ja, er entschuldigte sich sogar wegen der eben begangenen Ungehörigkeit, wobei er, den Kopf tief gesenkt, die Finger über der Serviette gegeneinanderschlug. Er rieb sich mit dem Handrücken die Wange, schweigend, die Zigarre im Mund, die zwischen den Lippen hin- und herwanderte. Er war imstande, ein langes Gespräch aus dem Nebenzimmer mitanzuhören und dann mit einem einzigen Satz oder einem Seufzer seine Meinung dazu kundzutun. Und wenn er zufällig eine Antwort erhielt, wurde er aufs neue nachdenklich und rauchte in längeren Zügen.

Giacomino hielt auch beim Essen den Kopf in die Hand gestützt und zupfte dabei mit den Fingern an seinen Haaren im Nacken.

Bibe legte das Kinn auf die Faust, die auf der Tischkante ruhte, und verharrte so mit geschlossenen Augen, vergnügt, zuhören zu können, ohne jemanden dabei sehen zu müssen. Von Zeit zu Zeit hob er nacheinander sachte die Fußspitzen und klopfte damit im Takt, bis einer ihn bei den krausen Haaren packte und zwang, den Kopf zu heben.

»Mein Gott! Ihr tut mir weh! Soll das ein Spaß sein?«

»Du bist wohl müde, du Bock?«

»Und wie.«

Und er erzählte, weshalb er nicht genügend Zeit zum Schlafen gehabt habe. Und dabei lächelte er mit schläfrigen Augen.

Sie wollten immer die gleichen Plätze haben: Adamo in einer Ecke, denn da konnte er nach Belieben spukken; Giacomino unter dem Fenster; Bibe, der Jüngste, auf dem Kanapee, denn dort konnte er sich nach hinten lümmeln und sogar einschlafen, wenn ihn die anderen in Ruhe ließen.

Schließlich knöpften sie sich den Hosenbund wieder zu, schlossen ihre Gürtel, spuckten aus, rempelten einander an, tauschten Kopfnüsse aus und zogen sich an den Schnurrbärten; und sie zahlten ihre Rechnung, wobei sie einer nach dem andern an Annas Kabäuschen vorbeidefilierten.

Und Pino? Pino, der alte Fuhrmann aus Poggibonsi, war der Ärmste. Man mußte unwillkürlich lachen, wenn er schrie: »Gibt's auch für mich noch einen Platz?«

Alle rückten zur Seite, nicht aus Höflichkeit, sondern weil sie glaubten, er sei voller Flöhe. Er merkte es, getraute sich aber nichts zu sagen: Er brummte nur ein wenig in sich hinein; und da er überall so behandelt wurde, nahm er es nicht weiter krumm.

»Mir reicht ein halber Platz. Schließlich bin ich kein Signore! Ah, tun mir die Knochen weh!«

Sein eines Auge wollte nicht offenbleiben, und er zwinkerte mit den Lidern wie eine Eule. Mit dem anderen blickte er sich langsam und immer wieder im ganzen Zimmer um. Er musterte ostentativ seine Hände, um den anderen zu verstehen zu geben, daß er daran gedacht habe, sie zu waschen; und das hatte er tatsächlich getan: im Wassereimer seines halblahmen Gauls, der ebenso klapprig war wie die mit Schnur und Draht zusammengehaltenen Stangen des Fuhrwerks. Wieviel Zeit ihn allein diese Flickerei jeden Tag kostete!

Er rieb sich die Augen mit einem Finger, das Gesicht zum Lachen verzogen, ohne zu wissen warum: Mit diesem Lachen schien sein Mund doppelt so breit.

»He, Ihr habt gut lachen, alter Schinder! Was habt Ihr denn heute mitgehen lassen? Ja, ja, man nimmt das Zeug einfach von den Kommissionen und erzählt dann, man hätte es unterwegs verloren.«

»Ich? Ach, habt Ihr eine Ahnung! Früher hab' ich so was vielleicht gemacht, aber heute doch nicht mehr.«

Er sprach schleppend, mit einem Ton, der aufrichtig wirkte, wenn auch etwas boshaft. Und dann: »Ich hab' zwei Töchter daheim, die unter die Haube müssen! Wirklich was Hübsches, im Vertrauen gesagt. Dafür ist meine Frau nur noch wie ein Haufen schmutziger Lumpen, die man nicht einmal mehr in die Hand nehmen würde. Und da hab' ich diese beiden Töchter, die armen Mädchen! Was kann ich bloß für sie tun?«

Seine ganze Physiognomie drückte nun eine demütige, aber starrköpfige Güte aus; und seltsam, seine Wangen zwischen dem Flaum des spärlichen Barts waren zart wie die einer Frau.

Er bestellte nicht, sondern Domenico suchte aus den Resten vom Vortag etwas für ihn aus und brachte ihm alles auf einem einzigen Teller. Dabei packte er Pino an der Hutkrempe und stieß ihn fast mit der Nase hinein: »Da, riechst du auch, was ich dir Gutes serviert habe?«

»Ja, Ihr habt recht, es ist ranzig, aber es könnte noch mehr stinken.«

Adamo und Giacomino warfen ihm Brotstücke oder angefaultes Obst hin. Ohne ihnen ins Gesicht zu sehen, schob er die Brocken zu sich her, fast als wollte er sie mit beiden Händen unter der Wölbung des Tellers verstekken.

»Oh, heute geht es mir gut!«

Stets grüßte er Anna mit größtem Respekt und wartete, bis sie seinen Gruß erwiderte: Auf keinen Fall hätte er sich vorher hingesetzt, so daß Anna, wenn sie ihn einmal übersehen hatte, ausdrücklich sagen mußte: »Nehmt doch Platz!«

»Oh, ich darf Platz nehmen? Ich fürchtete schon, heute könnte ich lästig fallen! Ach, bin ich müde!«

Und er wartete mit verschränkten Händen.

Von Pietro ließ er sich fast jeden Monat einmal erklären, was die beiden Ölbilder an der Wand darstellten. Pietro stieg auf die Bank, um sie nicht abhängen zu müssen. Aber Pino sagte: »Bringen Sie sie näher her! Wenn Sie wüßten, Pietrino, wie mir die Augen brennen! Manchmal habe ich Angst, ich werde noch blind.«

Das eine war die *Schlacht von Adua* und das andere *Die Begründer der italienischen Einheit.* Und danach faßte Pino ihn am Ärmel: »Hören Sie nicht auf den Babbo: Lernen Sie! Ich weiß, was ich sage!«

Und Pietro, ohne zu wissen warum, streichelte ihn.

Im Winter, wenn er durchfroren und naß hereinkam, den Jackenkragen bis über die Ohren hochgeschlagen, den Hut bis in die Augen gedrückt, ging Pietro sofort auf ihn zu; und ohne etwas zu sagen, kam er ihm mit seinem Gesicht so nahe, daß Domenico ihn am Kragen zurückzog.

Pino starb bald; und keiner merkte es.

Wieder ein Jahr. Es war Ende März, der Tag des heiligen Joseph.

Von Poggio a' Meli aus hörte man das Läuten der Glocken, das sich kunterbunt am Himmel mischte und ganz allmählich zu einem vollen Dröhnen anschwoll. Und Pietro überkam eine ungewohnte Fröhlichkeit, eine Art Übermaß an Wohlbefinden, das ihn noch nervöser werden ließ.

Ich möchte von diesen unbestimmbaren Erregungen des März sprechen, in denen fast immer eine heimliche Wollust mitschwingt, eine Sehnsucht nach irgend etwas Schönem.

Diese zweideutigen Sonnen; dieses Gezwitscher, noch verborgen und rasch wieder vergessen; diese weiß schimmernden Wolken, die vor der Zeit gekommen zu sein scheinen! Und die dürren Blätter, die auf der schon keimenden Saat liegen, die Blässe des Todes mit der des Lebens vermischend! Alle diese Blätter, die immer noch auf dem Gras liegen und darauf warten, sich zu erneuern; die beschnittenen Reben und auf dem Boden ihre Zweige und Schößlinge, die man für immer wegtragen wird! Und die dürren, abgeschnittenen Zweige unter den Obstbäumen, die noch zögern, mit ihren frischen zu blühen! Die ein wenig feuchte Erde, die an der Spatenspitze hängenbleibt, so daß die Bauern sie mit dem Daumen säubern müssen; und die Erdschollen, die an den Holzschuhen festkleben! Und diese fast eheliche und uns verschlossene Liebe aller Wesen, die einander helfen – und auch ihr Haß! Und die Mistel, mit einem Beilhieb von den Ästen der gestutzten Ahornbäume an den Rebzeilen abgehauen! Aber sie wird sofort wieder treiben. Und die Knospen der Kastanien!

Domenico ging aufs Feld, gefolgt von seinen Bauern, um die Arbeiten für den nächsten Tag einzuteilen.

Pietro war dicklich, aber blaß, mit einem Anflug von Zartheit. Er ging jetzt ins fünfzehnte Jahr. Der Kittel mit dem Matrosenkragen, der Sparsamkeit halber aus einem alten Kleid geschneidert, erschien ihm in seinem Alter lächerlich und unpassend.

Er ging rasch in Giaccos Wohnung, der ihm wie immer die Hand auf die Schulter legte: »Wie schnell Sie wachsen! Ich wette, Sie haben mir etwas zum Rauchen mitgebracht.«

Pietro zog ihn am Schnurrbart und zupfte ihn da und dort; Giacco, damit es ihm nicht weh tat, drehte willig den Hals.

Der Junge lachte und schaute Masa an, die sagte: »Fester.«

»Nein, nein, jetzt reicht es.«

Und Giacco schob den Jungen behutsam, aber entschieden von sich weg. Dann fragte er: »Also, nicht einmal einen Stummel?«

Wenn Rebecca die Trattoria fegte, hob sie immer die Stummel auf und gab sie Pietro für ihn mit.

Masa mischte sich ein zweites Mal ein: »Das junge Herrchen wird doch nicht selbst rauchen?«

Und sie lachte mit Pietro wie über einen Witz. Aber nachdem er gelacht hatte, verzog er die Lippen und biß sich darauf. Der Alte zog aus der Westentasche eine zerbissene Pfeife, nicht länger als eine Handbreit.

»Gott sei Dank habe ich immer noch von dem, was

Ihre Mutter mir letzte Woche gegeben hat. Sehen Sie selbst!«

Er klopfte die Pfeife an die Tischkante: Ein Rest aschiger Krümel fiel heraus. Er schob sie zusammen, mischte sie und stopfte sie wieder hinein. Dann nahm er vom Herd ein brennendes Reis. Mit Müh und Not kam ein wenig hellblauer Rauch aus seinem Mund. Und während er ihm nachschaute, sagte er: »Oh, heute gibt's nicht viel zum Rauchen!«

Dann drückte er mit dem Daumen, dessen Nagel von einem Schnitt, den er sich als junger Mann beigebracht hatte, verstümmelt war, das Häufchen Glut in der Pfeife nach unten.

Pietro betrachtete wiederum den Rauch, und dabei sah er – wie etwas ganz Reales, das ihm ein Unwohlsein verursachte – seine Mutter vor sich, wie sie zu Hause zu einer Schublade ging und etwas herausnehmen wollte. Aber alles wich vor ihr zurück! Und als sie trotzdem nicht aufgab, verschwand die Schublade in der Wand. Da war es ihm, als spüre er ihre Hände auf seinem Gesicht, wie einen großen Kuß: als ob die Hände ihn küßten.

Masa, die sich über seinen bestürzten Ausdruck wunderte, fragte ihn: »An was denken Sie?«

Der Alte ging zur Tür und sagte: »Ich muß mich um die Kühe kümmern. Gib mir den Strick.«

Aber Masa, besorgt, den jungen Herrn so vor sich zu sehen, erwiderte unwillig: »Wo hast du ihn denn wieder hingelegt?«

Und Giacco: »Such ihn mir.«

»Nie hast du deinen Kopf beisammen. Und dann brauchst du deine Frau, damit sie dir deine Sachen sucht.«

»Du schwätzt zuviel! Wenn du den Strick gefunden

hättest, ohne etwas zu sagen: Wär' das nicht besser gewesen?«

»Ich schwätze, soviel ich mag, soviel wie du.«

Und da sie glaubte, Pietro gehe irgendein Rüffel im Kopf herum, fragte sie, um ihn auf andere Gedanken zu bringen: »Haben Sie Ghìsola heute gesehen?«

Abwesend erwiderte er: »Ist sie denn nicht hier?«

»Sie wollte unbedingt nach Siena in die Messe.«

Giacco sagte es mit der Miene dessen, der einen Wortwechsel wieder aufgreift. Aber Masa verteidigte sie: »Sie hat ganz recht gehabt. Hier in Poggio a' Meli sieht sie nie jemanden.«

Und zu Pietro gewandt, fügte sie hinzu: »Ich dachte, Sie wären ihr begegnet!«

Die beiden Alten wurden nachdenklich und schauten sich mit Blicken an, die Pietro nicht verstand. Masa seufzte: »Es wird kommen, wie Gott es fügt!«

»Was?« fragte Pietro. »Sagt es mir.«

Eine stechende Neugier hatte ihn erfaßt: »Wo ist sie? Kommt sie bald zurück?«

Er war betroffen; man sah es an seinen blauen Augen, die ihn stets verrieten: Und er hatte das Gefühl, als wären seine Lider warmes Wasser.

Das Pferd vor der Kutsche, das auf dem Hof an einem eisernen Ring festgebunden war, hatte sich, in Ruhestellung, ganz zur Seite geneigt. Toppa machte sich über eine erdverkrustete Brotrinde her; er hielt sie mit den Pfoten fest, um besser daran nagen zu können.

Pietro hatte sich noch nicht wieder beruhigt, als er Ghìsola erblickte.

Sie war ein junges Mädchen geworden. Ihre schwarzen Augen erinnerten an zwei Oliven, die einem am Zweig sofort auffallen, weil sie die schönsten sind. Sie war beinahe mager und hatte schmale Lippen.

Er empfand ein Gefühl der Erregung: Ghìsola ging langsam und bewegte dabei ein wenig den Kopf; ihre tiefschwarzen, mit Öl geglätteten Haare waren anders gekämmt als sonst.

Sie versuchte, ihr Lächeln zu verbergen, indem sie den Kopf senkte; aber sie verlangsamte ihren Schritt, als sei sie unschlüssig, ob sie nicht irgend etwas verheimlichen solle. Das erfüllte ihn mit lebhaftem Mißvergnügen, und er ging auf sie zu wie zu der Zeit, als sie noch richtige Kinder waren und er ihr etwas antun oder erzählen wollte, bloß um sie zu ärgern.

Wie schön sie geworden war, seit er sie das letztemal gesehen hatte!

Er registrierte voll Eifersucht ein rotes Band in ihrem Haar, die mit Schweineschmalz polierten Schuhe und das graue, fast neue Kleid; und er seufzte tief.

Aber sie war so aufgebracht, daß er es gar nicht verstehen konnte, und schrie ihn an: »Bleiben Sie weg, Ihr Vater ist da. Kommen Sie mir nicht nahe!«

Er dagegen ging weiter auf sie zu; doch Ghìsola wich ihm mit einer so plötzlichen Drehung aus, daß sie ihn streifte, ohne sich berühren zu lassen. Pietro sagte nichts mehr zu ihr; er schaute sie nicht einmal mehr an: Er war bereits gekränkt und gedemütigt. Warum verhielt sie sich so? Er hätte sie auch im Haus aufgesucht, in das sie jetzt hineinging, wobei ihr Fuß für einen Moment auf der Schwelle verharrte! Er verzehrte sich; etwas stürmte auf ihn ein, das er nicht begriff; er verspürte Lust, ihr seinen Willen aufzuzwingen.

Aber nach und nach fühlte er sich wieder versöhnt und aufs neue froh, als ob er ihr nichts vorzuwerfen hätte; und ein zartes Gefühl stieg immer stärker in ihm auf.

Ghìsola kam schon bald wieder aus dem Haus: Sie

hatte das Band abgelegt, die Schuhe gewechselt und sich eine verwaschene rote Schürze umgebunden. Sie hob die Augen zu Pietro, ernst und stumm; und dann ging sie in den Schuppen und fing an herumzufuhrwerken.

Sie begann, das bereits vom Großvater geschnittene Gras in einen Korb zu füllen; dann hielt sie inne, um sich einen Splitter aus dem Finger zu ziehen. Pietro kam sich vor wie diese Hand. Und ihr unerklärliches Schweigen machte ihn verlegen; er wäre nicht fähig gewesen, als erster zu reden. Statt dessen versetzte er ihr einen Stoß, aber nur einen leichten; und sie tat so, als wäre sie beinahe hingefallen, und schaute ihn finster an.

Er sagte: »Das nächstemal werfe ich dich wirklich um!«

»Probieren Sie es nur!«

Wenn sie wollte, wurde ihre Stimme scharf und hart; sie kreischte wie ein Huhn. Jetzt sah er sie voll Ärger an; er spürte, daß er sich fügen müsse.

Solange der, den man liebt, spricht, hört man für gewöhnlich den Klang seiner Stimme nicht; oder zumindest könnte man diesen Klang nicht beschreiben.

Sie fügte hinzu: »Gehen Sie weg.«

Er fühlte sich wie einer, der sich unter Wasser befindet und die Augen nicht offenhalten kann; aber er sagte: »Ghìsola, vor einem Monat hast du mir gesagt, du hättest mich gern. Weißt du das nicht mehr? Ich weiß es noch genau, und ich hab' dich gern.«

Er lachte, und sein Lachen endete in einem Stammeln. Ghìsola sah ihn an, als ob sie sich darüber amüsiere; und tatsächlich gefiel ihr dieser Trick, eine Sache zu erfinden, um eine Wahrheit zu sagen.

Sie erwiderte: »Ich weiß, ich weiß.«

Anstatt fortfahren zu können, bemerkte Pietro, wie reizend ihre Schürzentasche aussah. Und im nächsten

Augenblick hatte er das kleine, unbeholfen mit blauem Garn umsäumte Taschentuch herausgezogen.

»Geben Sie es mir zurück.«

Er fürchtete, etwas Dummes gemacht zu haben, und gab es ihr.

»Hast du dir mit dem Splitter den Finger zerstochen?«

Daß er überhaupt etwas sagen konnte, erschien ihm nicht wenig.

»Was kümmert Sie das? Sie arbeiten ja nicht. Sie tun nie etwas.«

Ihre Antwort klang spöttisch und überheblich; aber er nahm sie ernst und sagte: »Ghìsola, wenn du willst, helfe ich dir.«

Sie tat so, als könnte sie darüber nur lachen, als sei er dazu gänzlich unfähig; und sie schob ihn weg und sagte, er wolle ihr ja doch nicht helfen, sondern sie nur anfassen.

Domenico kam vom Feld herauf.

Pietro hob eilig einen Olivenzweig auf, der am Boden lag, und begann, damit gegen die Tür des Schuppens zu schlagen, als wolle er die Ameisen umbringen, die sie in einer langen Reihe überquerten.

Ghìsola bückte sich, um das Gras armweise aufzunehmen, mit jähen, raschen Bewegungen; und so, dem Haufen zugewandt, füllte sie den Korb vollends. Dann hob sie ihn hoch, um ihn auf die Schulter zu nehmen, aber allein brachte sie es nicht fertig: Es schien, als wollten ihr die Armknochen die Ellbogen durchstoßen.

Da half ihr Pietro, bevor der Vater es sehen konnte. Ghìsola, seine Bewegung unterstützend, blickte mit ihren scharfen, schwarzen Augen in Richtung Domenico: als ob ihre Lider so schneidend wären wie die Ränder von bestimmten Gräsern. Aber Pietro wurde rot und zitterte, weil sie, ehe sie ging, seine Hand nahm. Er blieb wie betäubt zurück, von einer solchen Süße erfüllt, daß es ihm fast das Bewußtsein raubte; und er dachte: »So muß es sein!«

Domenico, der nachgesehen hatte, ob das Geschirr des Pferdes noch richtig saß, rief ihm zu: »Binde du es los und dreh es um. Leg die Decke zusammen und tu sie auf den Sitz.«

Das Tier wollte sich nicht wenden lassen, und die Deichselstangen stellten sich quer. Auch daß Toppa, bissig wie immer, zuschaute, irritierte und behinderte Pietro: »Zieh es zu dir her!«

Er hatte keine Kraft mehr, es gelang ihm nicht, die Zügel richtig zu fassen; und seine Finger gerieten an die von grünlichem, ekligem Geifer triefende Kandare. Trotzdem tat er alles, schon weil er wußte, daß Ghìsola, wieder aus dem Stall zurück, in der Nähe sein mußte. Er zitterte immer mehr. Und die Hufe des Pferdes streiften ihn, dann traten sie ihn.

Da nahm Domenico die Peitsche in die Hand, ging zu Pietro hin und hielt sie ihm vor die Nase.

»Ich weiß, was mit dir los ist. Aber ich werde schon noch was aus dir machen!«

Ghìsola streifte sich am Brunnenrand den Stallmist von ihrem Holzschuh und trat auf die Kalesche zu, um Pietro zu helfen.

Domenico, immer noch mit der Peitsche in der Hand, wandte sich ab und redete mit Giacco, der ihm mit hängenden Armen zuhörte, die Daumen zwischen die Finger geklemmt, deren Adern unter der Haut hervortraten wie lange und reglose Regenwürmer unter dem Schlamm.

Pietro hatte nicht den Mut, Ghìsola ins Gesicht zu sehen, deren Blick ihm jetzt überallhin folgte. Seine

Beine knickten ein, in einer ganz neuen Kraftlosigkeit, die seine Verwirrung steigerte – wie eine Krankheit.

Ghìsola half ihm noch einmal; und während sie die rote Decke nahmen, die über das Pferd gebreitet gewesen war, berührten sich ihre Finger; als sie sie auf den Sitz legten, stießen sie mit den Knöcheln aneinander, und beiden tat es weh, doch sie hätten am liebsten gelacht.

Domenico stieg auf den Kutschbock, musterte Pietro und rief: »Beeil dich! Was hast du da an der Unterlippe? Wisch es ab!«

Verschüchtert erwiderte Pietro: »Nichts.«

Dann dachte er, es sei die Spur der Worte, die er zu Ghìsola gesagt hatte.

Doch gleich darauf ärgerte er sich über seine eigene Dummheit; und sein Herz klopfte, als wolle es ihm aus dem Leib springen.

Die Landarbeiter und Giacco grüßten mit gezogenen Hüten. Pietro hatte kaum noch Zeit, Ghìsola mit einem Zucken des Mundwinkels ein Zeichen zu geben; aber sie war ganz bei dem Padrone und runzelte nur flüchtig die Brauen. Daraufhin schaute Pietro auf den Kopf des Pferdes, das den Wagen bereits aus dem Hof hinauszog und, kaum auf der Straße, in Trab verfiel.

Das Licht, mehr rot als rosa, der hinter den Montagnola-Bergen versunkenen Sonne lag über Siena. Aber die überall, in Reihen oder in Kreisen, um die Gipfel der Hügel verstreuten Zypressen gaben ihm das bedrückende Gefühl, sich von etwas Ungeheurem loszureißen.

Domenico sprach beim Kutschieren nie; wenn ihn jemand grüßte, dankte er mit einem Kopfnicken. Dagegen lächelte er einem jungen Mädchen zu, das er kannte; und während er das Pferd langsamer gehen ließ, tippte er ihr mit der Peitschenspitze in die Mitte der Schürze. Pietro, der die Augen halb geschlossen hatte, wandte sich, rot werdend, nach der anderen Seite; dann suchte er sich abzulenken, indem er auf die Beine des Pferdes schaute; und es schien ihm, als ob ihr Geräusch den Rhythmus verändere, je nach den Melodien, die ihm durch den Kopf gingen. Oder aber er versuchte, jenen besonderen Geruch nicht wahrzunehmen, der von den Kleidern des Vaters ausging.

PIETRO WAR SO nachlässig geworden, daß ihn der Rektor um den Monat Mai herum nicht mehr in der Schule haben wollte.

Domenico verprügelte ihn mit dem Hosenriemen, bis auch Anna zu weinen anfing. Doch am nächsten Tag sagte niemand mehr etwas zu Pietro.

Anna erklärte Rebecca: »Das sind die Verwünschungen der Leute, die uns übelwollen.«

Es verging kein Tag, an dem sie nicht mehrmals zu einem Heiligen gebetet hätte, aber nie fand sie Gelegenheit, ernsthaft mit ihrem Mann darüber zu reden, der immer nur erklärte: »Heute kann ich nicht.«

Und wenn sie ihn an der Jacke festhalten wollte, beschied er sie barsch: »Kümmere du dich um ihn. Du mußt jetzt auch einmal ...«

Sie wagte nicht, weiter zu insistieren, aus Furcht, er könnte noch einmal über Pietro herfallen, ihn mit Fäusten traktieren – unter dem Vorwand, er habe sich zu sehr aufgeregt.

Nicht einmal nachts fand sich eine Möglichkeit, denn sobald sie davon anfing, ballte er die Fäuste und schrie: »Laß mich schlafen. Ich bin müde; ich bin seit heute früh auf den Beinen. Und du ruh dich auch aus ...«

Oder er fragte zurück: »Hast du auch die Einnahmen von heute genau gezählt? Eh du ins Bett gehst, mußt du das tun. Das ist unbedingt notwendig.«

Wenn sie vorwurfsvoll schwieg, hob er den Kopf vom Kissen: »Antworte!«

Er wartete ein wenig und versuchte, sie noch weiter auszufragen, aber dann schlief er ein.

Während einer ihrer Auseinandersetzungen im Lokal sagte Pietro plötzlich: »Ich will zeichnen lernen.«

Ein Notariatsschreiber, der gerade mit dem Essen fertig war, brach in schallendes Gelächter aus.

Pietro betrachtete ihn lange, bestürzt über diese sanften und zufriedenen Augen, die ihn offensichtlich bemitleideten.

Es war ein dicker Mann, mit einem glänzenden und purpurroten Gesicht voller Warzen. Er trug einen hellen Anzug und eine goldene Uhrkette; seine Haare waren fast blond, die Stirn niedrig. Im Ton ruhiger Überzeugung sagte er zu Domenico: »Hört nicht auf ihn. Laßt ihn Euer Gewerbe lernen. Ihr Wirte könnt soviel Geld verdienen, wie ihr wollt.«

Alle lachten, weil er auf die Rechnung anspielte, die er zu bezahlen hatte.

Pietro, in dessen Gesicht ein leichtes Kribbeln aufstieg, vom Kinn bis zur Stirn, rief: »Was kümmert Sie das?«

Der andere zog aus einem Lederetui eine goldumrandete Zigarrenspitze aus Bernstein und steckte eine halbe Zigarre hinein. Dann sagte er: »Geh und hol mir eine Schachtel Streichhölzer.«

Und er warf einen Soldo auf den Tisch.

Pietro schaute zu seinem Vater hinüber: Alle starrten ihn an; die Gesichter und die Augen versengten ihm die Seele. Das Herz schlug ihm.

Domenico sagte: »Los, geh schon!«

Pietro nahm das Geldstück und lief zum Tabakhändler.

Nun lachte der Schreiber dermaßen, daß sein Gesicht noch röter anlief; und unter Husten fügte er hinzu: »Rückt ihm den Kopf zurecht, so gut Ihr könnt.«

Anna litt unter solchen Vertraulichkeiten; aber aus Angst, die Gäste zu verlieren, mischte sie sich nicht ein. Domenico dagegen war begeistert; er fühlte sich immer mehr im Recht. Und er sagte zu Pietro: »Paß auf, was ich dir sage: Du brauchst nicht mehr in der Schule herumzusitzen. Es reicht, wenn du rechnen kannst. Man sollte die Schulen überhaupt abschaffen und alle Lehrer aufs Feld schicken. Die Erde ist das Beste, was Gott uns gegeben hat.«

Anna, unzufrieden, warf ein: »Das sind so Ideen von dir.«

Domenico fragte spöttisch: »Und wie lange bist du zur Schule gegangen?«

Das fehlte noch, daß er sich mit der eigenen Frau stritt! Sie schüttelte nur den Kopf.

»Wir haben es zu etwas gebracht, ohne auch nur unseren Namen schreiben zu können.«

Die Gäste saßen nachdenklich da; dann riefen sie, schon um Anna nicht noch mehr zu enttäuschen: »Er ist ja noch jung. Es läßt sich noch gar nicht sagen, was ihr alles aus ihm machen könnt.«

»Auf jeden Fall kann ich ihm, wenn ich sechzig bin und er schon über zwanzig, immer noch den Schädel einschlagen.«

»Ja, so groß und stark wie Ihr wird er bestimmt nicht!«

Mittags ass jeder, wann er Zeit hatte, nachdem er mit seinen Sachen fertig war; aber die Abendmahlzeit nahmen alle zusammen ein: Domenico am Kopf der Tafel, Pietro zwischen ihm und Rebecca; gegenüber dem Padrone der Koch, und auf der anderen Seite die beiden Kellner. Der Küchenjunge saß – schräg, um den anderen nicht den Rücken zuzuwenden – an einem kleinen Tisch, auf dem auch die Teller und das Besteck abgestellt waren. Anna blieb in ihrem Lehnstuhl, denn so konnte sie sehen, ob in der Zwischenzeit ein Gast hereinkam.

Der Koch war vor die Küchentür getreten, um einen Stummel zu rauchen, Schultern und Kopf an die Wand gelehnt; die Schankmagd brachte die Teller; und der Küchenjunge lief, hüpfend wie ein Kind, zum Stallburschen, um ihm zu sagen, er solle das Pferd einspannen.

Domenico trank noch ein Glas Wein; dann nahm er sein Gebiß heraus, um es heimlich unter dem Tisch mit der Serviette zu reinigen.

Anna nahm sich ein Hemd zum Flicken.

Schließlich schlug sich Domenico mit der Serviette die Krümel von der Hose; er ließ sich von Rebecca abbürsten und von Tiburzi die Schuhe einfetten, nicht ohne daneben noch einige Anordnungen zu erteilen.

Auf den Zehenspitzen trat er hinter seinen Sohn, der mit den Fingern gegen die Fensterscheibe klopfte, als Begleitung zu einem kläglichen Summen. Domenico schlug ihm mit der Hand auf den Nacken und sagte: »Komm mit aufs Land.«

Ohne etwas zu antworten, kletterte Pietro auf den bereitstehenden Wagen; und kurz vor Sonnenuntergang waren sie in Poggio a' Meli.

Ghìsola, die hinter einer Ecke des Schuppens hervorkam, sah Pietro einsam und unbeweglich, die Hände in den Taschen, mitten auf dem Hof stehen; und sie stellte ihn mit ernster Miene zur Rede: »Was machen Sie da? Warum sind Sie nicht früher gekommen? Einmal konnten Sie es gar nicht erwarten. Aber was kümmert's mich!«

Und sie setzte hinzu: »Ich weiß, was Sie mir sagen wollen.«

Er dachte: »Ja, sie weiß es. Die anderen wissen alles von mir. Nur ich nicht.«

Dieses innere Leben, das sich immer über das andere legte! Wie verzweifelt war er, daß er immer erst hinterher, und wenn er ganz allein war, auskosten konnte, was er empfunden – und nicht gesagt hatte. Und er fühlte sich deshalb den anderen unterlegen. O ja, er wußte mit Ghìsola zu reden: aber nur in seiner Vorstellung, vor allem gleich nach dem Aufwachen.

Und er wurde noch verlegener. Der Hemdkragen drückte ihn am Kinn.

Ghìsola musterte ihn, als ob auch sie über ihn lache; und da fing er an, den Olivenbaum, der da stand, mit Fußtritten zu bearbeiten, damit sie aufhöre. Aber als er die Augen wieder hob, sah ihn Ghìsola noch unverhohlener an, mit lachendem Mund: um sich über ihn lustig zu machen, daran war kein Zweifel mehr!

Die Sonne ging vollends unter; und ein Frösteln überkam Pietro, der dieses Lächeln nicht mehr ertragen konnte; er wollte sogar vergessen, es je gesehen zu haben. Er senkte wieder den Kopf und dachte, daß sie hätte begreifen müssen, warum es ihm nicht gefiel.

Ghìsola steckte sich die Haare hoch und hielt dabei die Haarnadeln in der Hand, um ihm zu zeigen, daß sie neu waren; und bevor sie sie wieder hineinsteckte, stach sie

Pietro mit jeder einzelnen in die Hand. Aber er rührte sich nicht.

Man sah, wie sich das dichte Gras bog, wenn die Insekten auf die Halmspitzen hüpften.

Während Ghìsola ihn stach, dachte Pietro: »Sicher weiß sie, was ich will. Aber ich müßte es ihr sagen können: Es ist notwendig.«

Ihre roten Strümpfe machten ihm Mut; doch da er kein einziges Wort herausbrachte, ging er nur immer näher auf sie zu, fast zitternd.

Unter den Olivenbäumen konnte man kaum noch sehen; und die Erde versank bereits in Braun.

»Was wollen Sie? Sagen Sie es mir von dort. Kommen Sie nicht zu nah heran.«

Ghìsola entging es nicht, daß er die Augen nicht von ihren Strümpfen wandte; aber unter dem zu kurzen Rock konnte sie sie nicht verbergen.

»Du weißt es?«

Ihr Gesicht wurde sanft und verschämt.

»Du weißt es? Sag es mir.«

Eine Röte überzog ihr Gesicht.

»Ich weiß es.«

Und da er immer näher kam, schob sie ihn mit ihren mageren und harten Händen weg.

Pietro war so berauscht, daß er fast schwankte. Ghìsolas Augen fixierten ihn ständig: Er sah nur diese Augen; und es schien ihm, als bewegten sich die Schatten hinter ihr und das Feld im Einklang mit ihren Gesten.

»Lassen Sie mich jetzt! Wir reden ein anderes Mal... Ein anderes Mal, hab' ich gesagt!«

Es kam ihm vor, als beraube ihn der Abend seiner Körperlichkeit und bringe ihn zum Verschwinden.

Ghìsola flüsterte: »Ich hab' Sie gern.«

Und sie rannte nach der entgegengesetzten Seite des

Schuppens davon: Der Padrone kam zur Tenne herauf, mit seinen riesigen Schuhen, laut schnaufend und bei jedem Atemzug ein wenig den Kopf hebend. Pietro stand immer noch da; mit einem Stein, den er in der Tasche gefunden hatte, bohrte er an der Ecke des Schuppens herum. Er schürfte sich die Fingerknöchel auf, doch er spürte nichts.

Domenico betrachtete ihn; und er fing zu lachen an, zusammen mit Enrico, dem Landarbeiter, der hinter ihm herging.

»Bist du nun verrückt oder nicht? Was machst du da? Die Mauer ruinieren?«

Und dann zu dem Landarbeiter: »Die kleine Schlampe hat sich wenigstens rechtzeitig aus dem Staub gemacht!«

»Oh, die zwei sind doch noch Kinder! Ich glaube, daß sie immer noch spielen.«

Er verteidigte sie, weil er glaubte, daß der Padrone das wegen Giacco und Masa gern hören würde. Aber Domenico, der sich freute, seine Autorität ausspielen zu können, fuhr ihn an: »Ich versteh' mich auf so was besser als du. Red nicht!«

Enrico lenkte daraufhin ein: »Freilich, sie könnten bald anfangen!«

Und er schluckte, wie er es immer machte, wenn er etwas gesagt hatte.

Pietro war durch den Vorwurf eingeschüchtert; und schon hatte er Ghìsola vergessen, wenngleich ein Zauber in ihm zurückblieb, dem er nicht gewachsen war. Er ging auf den Vater zu, der das Pferd am Zügel genommen hatte und es am Tor wendete.

»Sitz auf!«

Pietro gehorchte und versuchte, sich die Hände von der Erde zu säubern, ohne jemanden dabei anzusehen.

Das Pferd wollte vor dem offenen Gitter nicht stillstehen; und da begann Domenico es mit der Peitsche auf die Knie zu schlagen. Das Tier wich zurück und ging mit den Vorderbeinen hoch; die Kutsche stieß gegen die Mauer.

»Bleib stehen. Du mußt parieren lernen. Und wenn du nicht lernen willst...«

Und er versetzte ihm einen Peitschenhieb.

»Wenn auch du nicht lernen willst, deine Pflicht zu tun...«

Und er versetzte ihm noch einen Peitschenhieb.

»... dann bring ich es dir bei. Du hast stillzustehen!«

Er drehte die Peitsche um und schlug dem Pferd auf die Nüstern; es warf den Kopf hin und her, und Pietro machte Anstalten abzusteigen.

»Du bleibst auf deinem Platz! Wenn du absteigst, schlag' ich dich auch.«

Alle Landarbeiter standen da und schauten beunruhigt zu; und sie warteten ungeduldig darauf, daß der Padrone endlich aufbreche, denn sie fürchteten, er könnte sich auch mit ihnen anlegen und womöglich gar noch auf den Gedanken kommen, auch sie schlagen zu wollen.

Das Pferd stand still.

Domenico gab Pietro die Peitsche und knöpfte sich, vor dem Tier stehend, die Jacke zu.

»Merk dir, ich will, daß man mir gehorcht! Siehst du, wie du stillstehen kannst? Jetzt lasse ich mir noch ein bißchen Zeit, und dann steig' ich auf.«

Und um das zu demonstrieren, knöpfte er sich die Jacke wieder auf und dann noch einmal zu, wobei er innehielt, sobald das Pferd den Kopf bewegte. Er schnallte einen der Zügelriemen fester und stieg dann auf; er setzte erst einen Fuß auf das Trittbrett, nahm dann, die Hände an die Kutschenwand geklammert,

Schwung und warf sich neben Pietro, den er anschrie: »Rück zur Seite!«

Pietro war so verängstigt, daß er sich nicht rührte.

»Los, rück schon, Dummkopf!«

Und gleich darauf zu den Landarbeitern: »Daß ihr mir eure Pflicht tut, sonst jag' ich euch alle fort! Morgen müssen die Ackerstücke umgestochen sein.«

»Jawohl.«

»Sie können sich darauf verlassen.«

»Natürlich schaffen wir das, wenn wir alle zusammen den ganzen Tag arbeiten.«

»Vorausgesetzt, daß es nicht regnet!«

Der Padrone sah den, der das gesagt hatte, an, als wolle er sich auf ihn stürzen; dann sagte er mit einer Stimme, die klang, als ob man mit einem Meißel auf einen Stein schlüge: »Wenn es regnet, füllt ihr den Wein um. Du, Giacco, sperrst den Weinkeller auf, deswegen hast du ja die Schlüssel.«

»Jawohl, Signore. Wie Sie wünschen.«

Endlich fiel Domenico die Trattoria wieder ein; er schaute auf die Uhr und sah, daß er sich nicht mehr länger aufhalten durfte. Und da fuhr er los.

Die Dunkelheit war rasch hereingebrochen, mit jenen Wolken, die den Regen bringen. Pietro hielt die Hände in den Taschen und dachte, daß er jetzt pfeifen würde, wenn er allein wäre. In der Dunkelheit schien es, als ob die Beine des Pferdes aneinanderschlügen. Domenico ärgerte sich beim Kutschieren, daß er den Bauern nicht noch aufgetragen hatte, auch die Löcher für die Olivenbäume auszuheben. Er war stets in Sorge, daß seine Anweisungen nicht präzis genug ausgeführt werden könnten, und in seinem Mißtrauen hätte er am liebsten alles persönlich verfolgt; es quälte ihn, daß er nicht immer in der Nähe sein konnte. Manchmal ergriff ihn der brennende Wunsch, die Arbeiter zu überraschen, und er wußte sich vor innerer Unruhe kaum zu lassen.

Er überlegte, ob er nicht umkehren und sich vergewissern sollte, daß auch keiner auf dem Vorplatz stehengeblieben war, um die Zeit zu vertrödeln und womöglich noch über ihn zu reden. Er blickte zu den Wolken hinauf und fühlte den Wunsch, sie mit der Peitsche herunterzufegen.

Pietro hatte inzwischen ein düsterer Traum überfallen: Das Pferd wurde mitsamt der Kutsche rückwärts in eine endlose Öffnung seiner Seele gezogen.

Plötzlich seufzte er auf, mit einer jähen und unfreiwilligen Bewegung, nachdem er den Geschmack des eigenen Mundes gespürt hatte; und er fuhr mit dem Kopf nach vorn, fast als ob er vom Wagen fallen wolle.

Domenico schrie ihn an: »Was hast du?«

Er glaubte, Pietro sei am Einschlafen, und wollte ihn mit der Faust anrempeln.

Die Zypressen von Vico Alto durchschnitten die Luft. Die Porta Camollia schimmerte rötlich, und von weitem sah man die erste brennende Laterne in der Stadt.

Die Bäume der Allee auf dem Steilhang über der Eisenbahn bewegten sich lautlos mit ihren Wipfeln vor dem zarten Violett der Berge: Sanft lag die Kirche Osservanza da.

Hinter den Dächern der Via Camollia ragte die Spitze der Torre del Mangia weiß, fast leuchtend, in den Himmel; doch die Glocke mit ihrem eisernen Gestell wirkte um so schwärzer.

WENN ANNA IHRE Anfälle bekam, blieb sie den ganzen Tag ausgestreckt im Lehnstuhl, in der Trattoria. Ihr

Gesicht wurde weiß; und Rebecca, die ihr beistand, schnürte ihr das Mieder auf. Doch da die Köche und die Kellner immer etwas zu fragen hatten, machte sie die Augen wieder auf, blickte starr, schüttelte sich und antwortete dann. Damit ihr Mann sich nicht noch mehr aufregte, wollte sie sich nicht zu Bett legen. Doch in solchen Augenblicken überkam sie eine große Angst, weil sie sich nicht mehr in der Lage fühlte, für Pietro zu sorgen.

Es war ihr, als zähle sie schon nicht mehr zu den Lebenden und als hätte sie nie etwas für ihn getan. So wurden diese erzwungenen Ruhepausen, die ihr Erleichterung verschafften, immer durch den Gedanken an sein Elend getrübt.

Sie sagte: »Niemand kann so zufrieden sein, wie er gern möchte!«

Und die Müdigkeit, die aus diesem Leben floß, war so bitter, daß sie Angst hatte, kein guter Mensch mehr sein zu können. Das Gefühl des Todes war ihr immer gegenwärtig, und es genügte ihr nicht, an Gott zu glauben.

Sie fing an, Pietro mit diesem Gefühl zu betrachten, und empfand darüber einen Kummer, der ihr regelrecht angst machte.

Ihre durch den Anfall erschöpften Nerven ließen den unbestimmten Zustand trostlosen Schmerzes noch länger werden; war sie doch gewohnt, von allein wieder genesen zu müssen, ohne jemals empfunden zu haben, daß die anderen etwas für sie hätten tun können.

Und dennoch hoffte sie, wieder gesund zu werden, nicht weil sie dem Arzt glaubte, sondern weil sie Pietro hatte.

Sie verstand es nicht, mit ihm zu reden; sie begriff, daß er heranwuchs, ohne daß es ihr gelang, sein Vertrauen zu gewinnen, ihm zumindest eines jener Worte zu sagen, die ihn hätten trösten können. Auch wenn er bei ihr war, blieben sie wie zwei, denen es nicht möglich ist, einander zu verstehen.

Pietro vermied es immer, sie merken zu lassen, daß er sie liebte, aus Angst, das könnte ihn zu willfährig machen; und sie regte sich zu sehr und grundlos über manche seiner Torheiten auf. Und daher bekam Pietro es mit der Angst, wenn sie zuviel Aufhebens um ihn machte.

Und sie versuchte wiederum, ihm ihre Fürsorge aufzuzwingen.

»Du hast keinen Respekt vor deiner Mutter!«

Er, nun seinerseits aufgebracht, machte sich davon, ohne ihr überhaupt noch zuzuhören.

Anna weinte dann und erzählte es Rebecca, die mit einem schiefen Lächeln fragte: »Aber warum nehmen Sie sich das so zu Herzen?«

Da sie ihn gestillt hatte und wollte, daß er auch an ihr hinge, empfand sie fast Freude darüber. Doch Anna, die das nie bemerkte, antwortete: »Du sollst ihn nicht in Schutz nehmen!«

»Ich?«

Und Rebecca war beinahe beleidigt.

Wenn Pietro die Mutter dann weinen sah und glaubte, sie habe etwas gegen ihn, bekam er Lust, es noch schlimmer zu treiben.

Anna bedachte Rebecca und Masa mit Ratschlägen, wie sie Ghìsola erziehen sollten: Es war jedoch eine Art Herrinnen-Güte, denn so gewann sie auch auf das Mädchen noch mehr Einfluß. Andererseits zeigte sie sich auch wirklich um sie besorgt, so wenn sie Masa sagte, sie solle Ghìsola nicht zuviel arbeiten lassen; oder wenn sie ihr immer zu Neujahr ein neues Kleidchen schenkte, das sie den Hausierern, die an die Tür der Trattoria kamen, abgekauft hatte.

Ghìsola brachte ihr dann einen Blumenstrauß, den sie womöglich erst noch hatte stehlen müssen, und wünschte ihr ein gutes neues Jahr.

Wenn die Leute aus Domenicos Dorf nach Siena kamen, aßen sie immer in seiner Trattoria; und sie brachten ihm Grüße und Nachrichten von den Verwandten und manchmal sogar ein Kopftuch voll Obst.

Einer von ihnen, der seinen Sohn Antonio das Maurerhandwerk lernen lassen wollte, was in Civitella nicht so gut möglich gewesen wäre, bat Domenico, er möge ihn doch bei einem ordentlichen Meister unterbringen. An den Sonn- und Feiertagen lud Domenico den Jungen ein, die Zeit mit Pietro zu verbringen; und so mußten die beiden Burschen, die etwa gleich alt waren, Freunde werden, obwohl sie sich eigentlich nicht verstanden. Agostino aber, der Antonio nicht leiden konnte, wurde ausgebootet.

Und da ihre gemeinsamen Spaziergänge fast immer, wie es der Wirt wollte, in Poggio a' Meli endeten, gab Antonio nach ein paar Monaten damit an, er habe heimlich mit Ghìsola geredet. Und das stimmte; aber Pietro glaubte zuerst, er lüge, und empfand eine heftige Enttäuschung, die ihn zutiefst in seiner Eigenliebe traf. Ein Freund durfte nicht lügen. Und wenn: Was hatte er mit Ghìsola gesprochen? Und warum hatte er mit ihr geredet, ohne ihm etwas davon zu sagen?

Wie es ihn demütigte, wenn die anderen seine Gefühle nicht respektierten und ihm fast die Seele zerrissen!

Die anderen machten mit ihm, was sie wollten, und ihm schnürte sich vor Erregung die Kehle zusammen.

Er errötete, war getroffen, fühlte sich verloren. Und nichts war mehr recht für ihn: die Straßen zu mühsam, die Sonne zu heiß, die Kleider unbequem, die Hände zu groß; und er plagte sich damit, nicht darüber nachzudenken oder aber sich vom Gegenteil zu überzeugen; er betäubte sich selbst, während ihm die Ohren dröhnten und er glaubte, von einem Moment zum andern umfallen zu müssen.

Er hatte das Gefühl, sein Gesicht sei nicht fähig, die unverbesserliche Treuherzigkeit zu verbergen; das empfand er mit einer Heftigkeit, die ihn krank machte. Und er fühlte sich schwach in seinem geängstigten Geist, den er selbst ändern wollte.

An einem Sonntag ging er mit Antonio wieder nach Poggio a' Meli, denn er hatte gewettet, ihn vor Ghìsola als Lügner zu entlarven. Aber er schämte sich, ihm zu sagen, was er in seinem Inneren litt; und er fühlte sich so minderwertig neben dem Freund, daß dieser ihm auch der Statur nach größer erschien als sonst.

Schon auf dem Weg fingen sie an zu streiten und sich in den Rücken zu boxen; und er hätte am liebsten aufgehört und geweint, verzweifelt, daß der andere sich auch noch amüsierte.

Antonio, dem Pietros Verwirrung nicht entgehen konnte, rief: »Du wirst ja sehen, ob es stimmt!«

Pietro gab keine Antwort mehr; und der Freund setzte hinzu: »Ich hab' erst dieser Tage mit ihr gesprochen. Sie hat gesagt, daß sie mich mag und nicht dich.«

Und zur Bekräftigung wollte er ihm einen Faustschlag versetzen; aber Pietro schützte sich mit einer Hand.

Antonio, immer sicherer werdend, gab keine Ruhe: »Du wirst dich nicht an sie heranmachen.«

»Und du dich auch nicht.«

»Ich mache, was ich will.«

Und indem er so tat, als sei er gekränkt, rückte er Pietro wieder auf den Leib, und der weiße Speichel lief ihm aus dem Mund. Auch wenn er nicht redete, sah man seine oberen Zähne, kräftig, aber schief: Es sah aus, als wüchsen sie ihm aus der Lippe. Und seine Nase war nach einer Seite gebogen.

Pietro, der es im guten versuchen wollte, sagte: »Dann wär' ich aber zornig auf dich.«

»Und was macht das mir aus? Das kannst du halten, wie du willst. Ich bin der Freund deines Vaters und kann kommen, wann es mir paßt. Ja, dein Vater nimmt mich lieber aufs Gut mit als dich.«

Pietro fühlte sich vollkommen niedergeschlagen: Es stimmte genau, was der andere gesagt hatte!

Und sie gingen weiter nebeneinanderher. Doch nach einer Weile packte Antonio ihn am Arm, um ihm ins Gesicht zu sehen. Dann grinste er: »Bist du jetzt still?«

Er spuckte ins Gras und wischte sich den Mund mit dem Handrücken ab.

Pietro sagte: »Ich kehre um.«

»Ich nicht. Ich will mit ihr reden. Geh nur.«

»Kehr du auch um.«

Pietro wollte verhindern, daß Antonio sie sah. Aber der ging weiter; und so konnte auch er nicht anders.

Als sie in den Hof kamen, trat Ghìsola gerade aus dem Haus; sie wollte aufs Feld, um den Großvater zu holen, an dem schönen Kirschbaum vorbei, der am Anfang einer Rebzeile stand.

Antonio, der sich hervortun wollte, schritt eilig auf sie zu, aber Ghìsola lachte mehr zu Pietro hin; und sie ließ erkennen, daß sie seinetwegen stehenblieb.

Da ging Antonio zum Baum, riß ein paar Kirschen ab und hielt sich abseits von den beiden. Pietro fragte

Ghìsola: »Es stimmt doch, daß du nur mich magst? Sag es mir. Wenn es nicht stimmen würde ...«

Sie erwiderte sanft: »Nur Sie... Aber Antonio möchte das nicht.«

Da fühlte er sich unsicher und richtete den Blick auf den Rücken des Freundes.

Ghìsola, die das bemerkte, fügte hinzu: »Glauben Sie es nicht?«

Und sie warf ihren Kopf zurück. Diesmal sprach sie mit einer solchen Festigkeit, daß er sofort wieder beruhigt war.

»Aber lassen Sie es ihn nicht merken. Warum bringen Sie ihn überhaupt mit?«

Es wollte ihm scheinen, als werfe sie ihm vor, daß er nicht allein gekommen war, und er glaubte, sie würde darunter leiden.

Doch ihre Schönheit lenkte ihn ab und ließ ihn vergessen, was Antonio gesagt hatte.

Der kam, sicherlich nicht ohne etwas ausgeheckt zu haben, wieder heran, wobei er die Kerne der Kirschen, die er auf einmal in den Mund geschoben hatte, in weitem Bogen von sich spuckte. Pietro entriß ihm, während ihn ein Frösteln überlief, ein zweites Pärchen Kirschen, das er sich an den Finger gehängt hatte.

Antonio rief: »Warum nimmst du mir die weg? Gib sie doch Ghìsola.«

Pietro wußte nicht, was er antworten sollte, denn er wäre lieber von selbst darauf gekommen; und er blieb mit den Kirschen in der Hand stehen. Aber da befreite ihn Ghìsola aus der Verlegenheit: »Ich hol' mir selbst welche.«

Wie gut und wie intelligent sie ihm erschien!

Aber Antonio gab nicht auf: »Wenn du nicht dran kommst, zieh' ich dir den Zweig herunter.«

Pietro bemerkte nun, wie sich der andere keine Gelegenheit entgehen ließ, um ihre Dankbarkeit zu provozieren; aber Ghìsola, durchaus darauf gefaßt, lächelte und sagte: »Nicht nötig.«

Doch mit einer solchen Herablassung, daß Pietro überrascht zusammenfuhr. Und er dachte: »Warum bin ich nicht darauf gekommen, ihr das zu sagen? Jetzt ist es zu spät! Und wie hätte sie sich gefreut, wenn ich es ihr gesagt hätte!«

Sie standen im Kreis da und sahen sich alle drei schweigend an; aber für einen Augenblick fühlten sie sich als Freunde, ohne jede Feindseligkeit. Und sie spürten auch das Bedürfnis, einander mehr zu sagen, als sie sich bisher gesagt hatten.

Ghìsola schien fröhlicher; sie schob die Haare nach hinten, nestelte an ihrem Schürzenband, als ob sie dazu ermuntern wollte, es aufzuziehen. Aber Pietro glaubte, sie wolle weggehen, weil er kein einziges Wort herausbrachte.

Der Kirschbaum hatte einen vom Schwarzen ins Rötliche spielenden Stamm, mit tiefen Rissen, die wie Spalten aussahen und mit hartem und glänzendem Harz gefüllt waren; ein wimmelnder Zug Ameisen kletterte hinauf und parallel dazu ein anderer wieder herunter; es war, als krabbelten sie einem über den Leib. Daneben, im zertretenen Gras, war eine Pfütze von Kupfervitriol geblieben. Über ein Erdbeerbeet neigte sich schräg ein Feigenbaum, ohne ein einziges Blatt, ganz glatt, die Zweige wirr durcheinander; und seine Rinde war von rosigem Weiß. Vom Graben herauf hörte man zwischen den gestutzten, roten Weiden ein paar Kröten. Es schien, als gäbe es überhaupt keinen Schatten; doch über den umgestochenen Ackerstücken lag ein leichter Nebelstreifen, der so tief blieb wie die Pflanzen.

Als Antonio Pietro so abwesend dastehen sah, stieß er ihn an. Der machte, um nicht hinzufallen, einen Schritt nach vorn, auf Ghìsola zu; aber er sagte kein Sterbenswörtchen, damit Antonio nicht Lust bekäme, ihn ausgerechnet hier zu verprügeln. Es schien ihm, daß sie sehr stark rieche – ein seltsamer Geruch, der ihn erregte. Er glaubte auch, sie wolle die Arme für ihn öffnen; und er war darüber ganz verwirrt: »Wenn sie sie nun tatsächlich ausgebreitet hätte?«

Aber Antonio sagte zu Ghìsola: »Ist es denn wirklich möglich, daß du dir aus dem da etwas machst? Siehst du nicht, wie häßlich er ist?«

Das Bauernmädchen erwiderte, vor allem aus Respekt, daß das nicht wahr sei; doch auch wieder so, daß Antonio es nicht allzu übelnahm. Dann fuhr sie fort, Pietro zu verteidigen: »Und überhaupt, was geht Sie das an?«

Nun war Pietro fast sicher, nicht mehr allein zu sein; aber es fehlte ihm die Kraft, den Blick zu heben, obwohl Antonio nichts mehr zu sagen wußte. Dann sah Pietro sie an; und sie lächelte ihm zu, mit einem Lächeln voll ungewollter Herzlichkeit.

Aber da sagte Antonio, weil ihm nichts Besseres einfiel und damit die beiden nicht zu lang beieinander blieben, mit seiner ganzen Bosheit: »Ich geh' jetzt nach Siena zurück.«

Ghìsola flüsterte, wohl wissend, daß Antonio es trotzdem hören würde: »Lassen Sie ihn doch gehen.«

Und Antonio setzte sich, ohne auf Pietro zu warten, in Marsch; doch dann drehte er sich wütend um und fragte: »Kommst du nicht mit?«

Ghìsola sagte nichts mehr: Und ihr Schweigen verriet auch nichts. Es war jedoch offensichtlich, daß sie Pietro auf die Probe stellen wollte, der mit erstickter Stimme zu ihr sagte: »Ich muß gehen. Mein Vater ...«

Ihr Gesicht wurde hart; und sie schaute Antonio nach, der sich bereits ein paar Schritte entfernt hatte.

Pietro bat sie inständig: »Red nicht mehr mit ihm!«

Sie senkte den Kopf und erwiderte: »Nun gehen Sie schon!«

Doch Pietro glaubte, geliebt zu werden. Und er holte Antonio ein und hakte sich bei ihm unter. Jetzt begannen sie zu kichern.

Dann sagte Antonio, und es war ernst gemeint, wenngleich er auch wollte, daß Pietro nicht mehr an Ghìsola denke: »Warum sind wir eigentlich nach Poggio a' Meli gegangen? Es hat sich nicht gelohnt.«

Eine Zikade zirpte in einem Olivenbaum. Die Hirse wogte, erst in langsamen, dann in eiligeren Wellen; manchmal schien ein Halm von einem Zittern überfallen und öffnete plötzlich seine hellen Blüten.

Antonio zog ein kleines Messer mit einem beinernen Griff in der Form eines Fischschwanzes aus der Tasche und fuhr damit unter die trockene Rinde eines Rohrs, das er aufgelesen hatte; und er schnitt auch die knöchelartigen Ringe weg, mit kurzen Hieben, die an sein Lachen erinnerten.

Pietro schaute sich nicht um, ob Ghìsola noch dastehe, damit Antonio es ihm nicht nachmache, wenn dieser auch jetzt so tat, als sei er ganz in seine Säuberungsarbeit vertieft. Tatsächlich hatte Antonio ihn im Auge, obgleich er sicher war, daß es nicht nötig sei.

Vor der Porta Camollia wischten sie sich mit dem Taschentuch den Staub von den Schuhen, trockneten sich den Schweiß ab und richteten sich die Hüte wieder, wobei sie sich gegenseitig halfen, die Falte in der Mitte einzudrücken. Ehe sie die Trattoria betraten, versprachen sie einander, daß keiner von ihnen mehr mit Ghìsola reden würde.

Ghìsola hatte wieder ihren Weg zum Feld eingeschlagen, in einem Überschwang, der ihr ganzes Wesen mit Freude erfüllte. Die Bewegung der Beine folgte diesem Überschwang; und die Röcke waren ihr so leicht, daß sie sie überhaupt nicht spürte.

Sie traute Antonio nicht, denn der war imstande, alles dem Padrone zu erzählen; aus Pietro machte sie sich nichts; und Agostino gefiel ihr von allen dreien am besten.

Und in dem Augenblick kam er quer durch die Rebzeilen hergelaufen, und er sprang über die Furchen mit der jungen Saat, wie wenn er mit dem Pfahl in der Hand die Kürbisse aufspießte. Er war in Hemdsärmeln, die Handgelenke rund und kräftig und die Adern straff in dem festen Fleisch. Er trug keinen Hut; und seine grünlichen Augen, die wie Eis schimmerten, schienen ohne Lider zu sein. Er rannte auf sie zu und warf sie zu Boden, daß sie zu weinen anfing. Dann fragte er zum Spaß: »Hast du dir weh getan?«

»Nein, nein!«

Und schnell stand sie wieder auf und packte ihn an der Taille, um mit ihm das gleiche zu machen. Aber Agostino zog ihr die Arme herunter. Sie lächelte mit tränennassem Gesicht; und sie wollte sich losmachen und stemmte die zusammengepreßten Beine ein. Seiner Kraft sicher, schrie ihr der Bursche ins Ohr: »Ich mache mit dir, was ich will! Ich spiele nicht. Das weißt du!«

Sie biß ihn in den Arm. Agostino drückte mit ebendiesem Arm ihren Kopf nach hinten, so daß sie die Zähne öffnen mußte. Dann fragte er ziemlich wütend: »Und was machst du jetzt?«

Ghìsola spuckte aus und sagte: »Ich bin die Schwächere. Bildest du dir darauf etwas ein? Wie salzig deine Haut schmeckt!«

Er sah ihr in die Augen, um sie einzuschüchtern.

»Wann hast du Pietro das letztemal gesehen?«

Sie streckte die Zungenspitze heraus.

»Er kommt nicht mehr!«

Agostino, der ihn vom Haus aus am Anzug erkannt hatte und gekommen war, um ihn zu treffen, äffte ihren Tonfall nach: »Wirklich?«

»Wenn ich es sage!«

»Hast du geglaubt, ich wär' gekommen, um mit ihm Kirschen zu essen?«

Und er ging wieder auf sie los und trat ihr vorn auf die Schuhe, die an den Nähten ganz kaputt waren.

»Warum sagst du mir nicht die Wahrheit? Bei den andern sollst du lügen, aber nicht bei mir.«

Und er fuhr fort, sie zurückzudrängen. Aber beide fielen hin und schlugen mit der Stirn aneinander. Er bekam Lust, richtig mit ihr zu raufen; doch da hörte er das Geklingel vom Halsband seiner Mauleselin: »Das ist mein Bruder, der heimkommt!«

Er erhob sich auf die Knie, um besser zu hören. Schließlich stand er ganz auf und schrie im Weglaufen: »Er hat sie zu sehr hergenommen! ... Er hat sie zu sehr hergenommen! Er kann nicht mit ihr umgehen.«

Sein verschwitzter Haarschopf fiel ihm über die Brauen; und mit den eng anliegenden Ohren sah sein Kopf von hinten so rund aus wie ein Ball.

Ghìsola war zurückgeblieben, beschämt, daß sie so auf der Erde lag. Sie stand rasch auf, säuberte sich und betrachtete die Ballen ihrer zur Faust geschlossenen Hände: wie beim Grasschneiden, wenn sie sich ausruhte.

Wenn sie sich beim Grasschneiden ausruhte, hieb sie die Sichel mit der Spitze in einen Baumstamm und richtete sich ein wenig die Kleider, vor allem ihre Bluse, die immer aufging; dabei hielt sie die Haarnadeln zwischen den Zähnen und steckte sie eine nach der anderen wieder in das mit Öl eingeriebene Haar. Und wenn sie dann mit dem Finger über die Sichelspitze fuhr, feucht von dem gespaltenen Holz wie von Speichel, fing sie an zu singen. Hin und wieder unterbrach sie sich und stand aufrecht; und dann spuckte sie in die Hände und bückte sich wieder.

Manchmal kam sie die Lust an, ihr Gesicht ganz zu verbergen und so zu verweilen: nur von der Luft gesehen zu werden; nicht mehr zu essen; zu sterben, ohne es zu bemerken.

Sie bekam auch Lust zu schreien; und sie hatte Angst.

In der knapp bemessenen Zeit, die Anna auf dem Gehöft noch blieb, wenn die Arbeit im Haus getan war, ließ sie sich von Ghìsola Wasser in die Krüge schöpfen und goß dann mit einer Gießkanne die Zitronenbäume. Am Abend hackte Giacco das Unkraut aus, das ums Haus herum gewachsen war, und warf es den Hasen oder den Hühnern hin.

Anna ging bis zu den Gemüsebeeten hinunter, und eine der Frauen schnitt ihr Salat und Kohl.

Sie hätte gern Blumen gehabt, schon weil es in der Nähe von Poggio a' Meli einen Garten gab, zu dem sie immer hinging und der ihr als Muster für einen eigenen vorschwebte. Aber ihr mußten die Geranien und Nelken genügen, die man ihr zum Einpflanzen schenkte. Sie wagte es auch gar nicht, zu viele zu haben, denn bestimmt hätte Domenico sie gefragt, ob sie nun aufs Land gehe, um gesund zu werden oder um sich dort in der Sommerfrische aufzuhalten. Im übrigen war sie schon zufrieden, mehr davon zu haben als zu ihrer Mädchenzeit.

Auch die wenigen Nippessachen, die in ihrem Salon in der Stadt standen, hatte sie gewissermaßen nur unter Zwang gekauft: Ein jüdischer Trödler brachte ihr jedesmal, wenn er seine Rechnung in der Trattoria nicht bezahlen konnte, allen möglichen Plunder zur Ansicht und ließ ihn auf der Theke liegen, obgleich sie das auf keinen Fall wollte. Und wenn er dann nach einer Woche wiederkam, gaben Domenico und Anna, nachdem sie eine halbe Stunde gehandelt und ihm erklärt hatten, dies sei das allerletzte Mal, nach. Der Trödler schwor Stein und Bein, daß er von jetzt an immer nur mit dem Geld auf der Hand bezahlen würde; und dann tranken sie zusammen ein Glas Wein, denn das Schreien und Feilschen hatte sie heiser gemacht.

Aber Anna war es zufrieden, und so gelangten die auf Glas gemalten Bilder der *Fünf Erdteile*, die Blumenvasen aus gelb gewordenem Alabaster und die Amphoren aus echtem Porzellan in ihre Wohnung.

Im Salon gab es kaum mehr Platz dafür. Eine Wand war zudem noch mit den Photographien fast sämtlicher Bekannter bedeckt; und auf einem nußbaumlackierten Möbelstück standen zwei Gipsfiguren lächelnder römischer Landmädchen. Auf dem Tischchen in der Mitte ein Service aus hellblauem Glas, aber nicht komplett; darum herum fünf Öllämpchen aus Messing, deren Griffe mit Schleifen verziert waren, weil man sie am Karfreitag, zusammen mit einer Flasche Öl zum Brennen, immer ans Heilige Grab stellen ließ.

Anna rieb mindestens einmal im Monat den Estrich mit Zinnober ein; und dann mußte man sich gut die Schuhe abputzen, ehe man eintrat.

Wenn man ihr draußen auf dem Land Blumen schenkte, wollte sie sie nie im Haus behalten; und sie brachte sie zur Madonna des Klosters Poggio al Vento.

War es schon zu spät und die Kirche bereits zu, so stellte sie die Blumen ins Kühle, aber gleich auf den Tisch im Vorraum; und am nächsten Morgen war das der erste Weg, den sie machte.

Um sich gegen die Sonne zu schützen, die ihr sofort Kopfschmerzen verursachte, hatte sie einen roten Sonnenschirm mit elfenbeinernem Griff, ein Schirmchen, das schon einige Jahre alt war. Wenn sie den Bäuerinnen damit begegnete, genierte sie sich; und sie schloß es und stellte sich lieber unter einen Baum. Ging sie dagegen zur Messe, so nahm sie den Schirm gern; und sie ließ ihn sich womöglich noch von Ghìsola tragen.

In der Kirche setzte sie sich in eine Bank, ein wenig abseits von den Bauersfrauen, die ihr im übrigen aus lauter Respekt von allein Platz machten.

Sie hatte sich ein schwarzes Kleid nähen lassen, am Hals mit einem Besatz aus gelber Seide und mit einer Spitze, die, an den Schultern und am Gürtel befestigt, über die halben Ärmel fiel. Auf dem Besatz trug sie eine Goldkette. In der Trattoria dagegen hatte sie ein rotes Kleid mit weißen und hellblauen Tupfen an.

Anna lag Ghìsola in den Ohren, sie solle doch schreiben lernen, wenigstens ein bißchen; aber da sie sich nicht darauf verlassen konnte, daß Pietro es ihr beibringe (denn der fing immer gleich an, Ghìsola zu ärgern), opferte sie selbst die eine oder andere Stunde dafür, wenn es ihr halbwegs gutging. Und Ghìsola hatte sich aus den Brombeeren an den Hecken Tinte gemacht. Aber sie kam nie über die ersten Striche hinaus.

Doch um die Wahrheit zu sagen: Ghìsola hätte gern gelernt, und die Tatsache, daß Pietro zur Schule ging, machte ihr einen großen Eindruck. Wenigstens lesen hätte sie gern gekonnt, denn viele ihrer Freundinnen von den Nachbargehöften besaßen sogar ein Gebetbuch, das ihnen die Kapuziner zur Erstkommunion geschenkt hatten. Dann aber auch, weil sie am Sonntagvormittag auf der Piazza del Campo immer Lust verspürte, die gedruckten Lieder zu kaufen, die dort für einen Soldo feilgeboten wurden; in ihnen war stets von irgendeinem Wunder die Rede, und sie trugen das Bild der Madonna mit einem großen Strahlenkranz um das Haupt. Die Liedchen waren auch deshalb schön, weil vor den einzelnen Strophen immer ein Bildchen stand. Ghìsola blieb mit den übrigen Bauersleuten stehen, um zuzuhören, wenn Cicciosodo sie zur Gitarre sang: ein Bänkelsänger, der, auf einem Schemel stehend, seinen Zylinderhut durch ein bloßes Stirnrunzeln bewegen konnte. Es gab auch die Affen, die das Glücksrad drehten; und in Tüten, in die mit der Schere Fransen geschnitten waren, wurden Bonbons in allen Farben verkauft.

Wenn Ghìsola nach Poggio a' Meli zurückkam, hatte sie die Melodie des Lieds, das ihr am besten gefallen hatte, schon im Kopf; aber sie erinnerte sich nicht mehr an alle Worte. Manchmal, wenn sie sich doch den Text gekauft hatte und ihn zusammengefaltet in der Tasche trug, damit Masa ihn nicht entdecke, ließ sie ihn sich vorlesen, sobald sie auf dem Feld eine Freundin traf. Es standen wirklich schöne Dinge darin, die sie rührten oder zum Lachen brachten.

Damit Pietro nicht völlig müßig blieb, schickte Anna ihn auf die Kunstschule, zumal er immer schon eine gewisse Begabung für das Zeichnen gezeigt hatte, die ihr und ein paar Gästen der Förderung würdig erschien.

Eines Vormittags, während er in der Wohnung ein schlechtes, gedrucktes Porträt kopierte, fragte sich Pietro, warum er für Ghìsola dieses verschwommene Gefühl empfinde.

Er streckte und bog den Hals, um die Wirkung der Zeichnung besser sehen zu können; aber sie war und blieb, trotz seiner Anstrengungen, unsicher und falsch.

Er wunderte sich, daß es ihm nicht gelingen wollte; und er zog eine Schnute, daß die Lippen die Nasenspitze berührten.

Die Bücher – schmutzig und zerfleddert, seit er zur Schule gegangen war – lagen am Boden. Wenn er mit den Füßen dagegenstieß, empfand er ein leichtes Übelsein, das ihn ablenkte. Auch die Zeichnung selbst irritierte ihn.

Ein quälendes Verlangen, das ihm nicht unbekannt war, stieg ihm ins Gehirn wie eine eisige Wasserader; und wie immer machte sie es ihm unmöglich, irgend etwas zu tun. Schon zu existieren schien ihm seltsam; er bekam Angst vor sich selbst und versuchte, sich zu vergessen, indem er lange auf seine Handflächen starrte, bis es ihm gelang, sie nicht mehr wahrzunehmen.

Dann spürte er einen Schmerz hinter dem linken Schulterblatt, auf den sich sein ganzes Sein zu reduzieren schien.

Und nach einer Weile wurde ihm klar, daß das Tischchen, an dem er arbeitete, mit die Ursache seiner Betäubung war: Es war zu niedrig.

Er stand auf. Der Stift fiel hinunter und zerbrach. Er sammelte die Stücke auf, mit einem lebhaften, fast abergläubischen Unbehagen: »Warum ist er hinuntergefallen?«

Er prüfte das Porträt und dann noch einmal die Kopie; und er fühlte sich so entmutigt, daß es ihm fast den Atem nahm, wie auf dem Gipfelpunkt der Unentschlossenheit und des Zweifels, die ihn nie in Ruhe ließen.

Indessen hatte sich ein breiter Sonnenstrahl, ein Strahl voller Schlaftrunkenheit, über das ganze Blatt gelegt. Und Pietro dachte: »Es ist zu Ende. Ich komme nicht weiter.«

Rebecca, die die Zimmer gefegt hatte, ging an ihm vorbei und sagte: »Warum stehst du so da, ohne was zu tun?«

Er sprang sie von hinten an und verschränkte die Hände vor ihrem Gesicht. Rebecca lachte mit zugehaltenem Mund, so daß ihm ihr Speichel die Finger naß machte. Er riß sie beinahe um; dann hüpfte er in ein anderes Zimmer.

Am selben Morgen hatte Ghìsola sich in den Kopf gesetzt, nicht aufzustehen.

Masa fragte voll Zorn: »Ist dir vielleicht nicht gut, du Schlafmütze?«

Aber sie gab keine Antwort; und die Alte ging brummend in die Küche, um zu frühstücken. Nach einer Weile machte sie die Tür wieder auf; und nachdem sie hereingeschaut hatte, fragte sie erneut: »Warum gibst du mir keine Antwort? Willst du heut früh die Zimperliese spielen?«

Ghìsola schluchzte auf und verkroch sich unter der Decke, das Gesicht zur Wand gekehrt.

Masa war nicht imstande, lange böse zu sein; und um sich zu rechtfertigen, sagte sie: »Ich hab' gesehen, daß du gelacht hast!«

Und den Napf in der Hand, löffelte sie weiter an ihrer kalt gewordenen Suppe.

Ghìsola war todmüde; sie empfand eine jener Müdigkeiten, die man für den Augenblick auch im Gemüt spürt.

Doch Masa setzte mit lästiger Beharrlichkeit hinzu: »Ich kann meine Zeit nicht so vergeuden. Wenn ich hier bei dir herumstehe, wird nichts getan.«

»Dann hört doch auf! Darf ich vielleicht nicht schlafen? Ich will nicht arbeiten. Muß ich nicht sowieso nach Radda zurück? Warum steht Ihr da wie ein Stock?«

Sie hatte das Gefühl, kein Auge zugetan zu haben; und sie wunderte sich, daß Masa fortfuhr: »Wenn der Padrone dich nicht mehr hierhaben will, mußt du dann zu mir frech werden?«

Und Masa tat so, als wolle sie ihr den Löffel ins Gesicht schlagen, aber statt dessen leckte sie ihn von oben bis unten ab. Im Grunde hatte sie Mitleid mit Ghìsola, und es tat ihr weh, sich von ihr trennen zu müssen. Sie ging in die Küche zurück.

Ghìsola, die über diesen Worten ihre gute Laune wiedergefunden hatte, stand auf. Noch im Nachthemd, machte sie einen Kranz aus künstlichen Blumen und kleinen Stückchen Draht, mit denen im Vorjahr die Trauben befestigt gewesen waren. Sie verbarg ihn in der Kommode, neben den Schnipseln aus buntem Papier, den Seifenschachteln, einem Berg Bänder und Stoffstreifen, die sie zu ihrem Vergnügen manchmal auf dem Fensterbrett ausbreitete, an das immer die Taube und der Täuberich geflogen kamen, um mit dem Schnabel an die Scheiben zu picken und um den Mais und die Brosamen zu betteln, die sich stets auf dem Grund ihrer Schürzentasche befanden.

Sie wollte auch partout nichts essen, obwohl Masa ihr ein Stück Brot abgeschnitten hatte.

»Und wie willst du dich bei Kräften halten? Sonst hast du manchmal nicht genug kriegen können.«

Das junge Mädchen hob den Deckel des Backtrogs und schnupperte den herben Geruch des Sauerteigs, der aufgegangen war, um das Kreuz herum, das Masa mit dem Messerrücken eingedrückt hatte.

Dann ging sie laut singend aufs Feld; und sie dachte an ihre Bänder und an ihre duftenden kleinen Schachteln.

Wo das Gras dicht stand, brauchte sie länger; wo es spärlich und niedrig wuchs, kam sie rasch voran, mit einem einzigen Sichelschlag. Von Zeit zu Zeit wischte sie sich die taunassen Hände am Rock ab. Und der übervolle Mais machte ihr richtig Freude; sie legte die schönsten Kolben ganz nach oben, um selbst die Kälber damit zu füttern, die sie voller Genäschigkeit fraßen und ihr dann über Hände und Gelenke leckten, wobei sie den Kopf schüttelten und die Ketten klirren ließen, mit denen sie an den Hörnern festgebunden waren.

Dieses Kauen in der Stille des Stalls! Und danach tranken sie so gut aus den vollen Trögen! Ein einziger Zug, der sofort das Wasser sinken ließ! Und zum Schluß dieses Saugen, bei dem sie die Zunge bewegten, lange die Luft durch die Nüstern einsogen, den Hals nach oben gestreckt, so weit, daß sie das Maul öffnen mußten; und sie rückten schräg vom Futtertrog ab.

Diesmal fing Ghìsola plötzlich zu weinen an; und mit aller Kraft schlug sie die Tür hinter sich zu und rannte zur Großmutter.

GHÌSOLA HATTE DAS gute Betragen von früher abgelegt. Eitel und eigenwillig, wollte sie tun, was ihr paßte.

Jeden Sonntag nach dem Mittagessen verschwand sie aus dem Haus; und man sah sie erst bei Dunkelheit wieder. Die Großmutter machte sich auf, um sie auf den umliegenden Gehöften zu suchen: Doch sie trieb sich in Siena herum; und auf den Straßen heimste sie anstößige Komplimente und frivole Anträge ein. Der eine oder andere, der sie kannte, ging ihr nach, um sie anzusprechen. Sie lächelte, ein wenig verwirrt und geschmeichelt; denn das waren keine Bauern, sondern junge, gutgekleidete Arbeiter. Wenn sie zur Porta Camollia kam, mußte sie schnell machen, denn die Zollwachen umringten sie und wollten sie nicht passieren lassen.

Und wenn sie eine Blume bei sich trug, durfte sie nicht zu nahe an den Häusern entlanggehen, denn viele, die unter ihren Ladentüren standen, streckten die Hände danach aus.

Daheim angekommen, kletterte sie, um kein Gebrumme hören zu müssen, durchs Kammerfenster, wobei sie sich an den Stützen des Hühnerstalls festhielt. Sie zog sich aus und ging ohne Abendessen zu Bett, voll Ärger, wenn sie hörte, wie Giacco und Masa mit ihren Messinglöffeln aus der Schüssel aßen; und immer wenn die Löffel zusammenstießen, warf Giacco Masa einen strafenden Blick zu.

Schließlich merkte die Großmutter, daß Ghìsola im Haus war; und in der Annahme, daß ihr nicht gut sei, brachte sie ihr ein Stück Brot; doch ehe sie es ihr gab, schlug sie ihr damit auf den Kopf.

Ghìsola kaute, das Gesicht zur Wand gedreht; und sie wunderte sich, daß das Brot naß von Tränen war, die nicht aufhören wollten, nachdem sie doch kurz zuvor noch Lust gehabt hatte zu lachen. Sollte das ihr Leben sein?

Doch beim Geräusch, das die Großeltern machten, wenn sie hereinkamen, schloß sie die Augen; damit sie glaubten, sie schliefe schon, und weil sie sie nicht sehen wollte.

Am letzten Tag, den sie in Poggio a' Meli verbrachte,

war ihr beim Einschlafen (noch mit einer Haarnadel im Mund, auf der sie herumgekaut hatte) plötzlich so, als stürze sie aus großer Höhe und schlage auf dem Dach des Hauses in Radda auf: Sie schüttelte sich mit einem lauten Seufzer. Der Großvater rief vom anderen Bett aus: »Sei still! Meinst du, mir tut es nicht leid?«

Sie fürchtete, gescholten zu werden. Dann überlegte sie (und wie ihr schien, laut): »Die denken schon gar nicht mehr daran. Wichtig ist nur, daß du nicht schnarchst.«

Aber der Geruch des ungewaschenen Lakens störte sie; und um ihn nicht riechen zu müssen, schlug sie es am Hals um.

Ihre offenen Haare liefen spitz zu; und auf dem Kopfkissen sahen sie aus wie eine Sichel.

Und wieder war ihr, als ginge sie ins Haus hinein: Die Mutter hatte ein neues Kleid an, die beiden Schwestern waren dicker geworden. Eine Stimme fragte sie: »Was willst du hier?«

Und sie antwortete: »Ich weiß nicht. Ich bin nicht freiwillig hergekommen. Aber wo hat sich der Babbo versteckt?«

»Es ist deine Schuld«, fing die Stimme wieder an.

Die Mutter und die Schwestern lauschten und schauten, in einem so schrecklichen Schweigen, daß Ghìsola sich auf sie stürzen wollte, damit sie ins andere Zimmer gingen. Doch sie hatte das Gefühl, als könnte sie die Arme nicht bewegen und stieße mit dem Kopf gegen eine unsichtbare Wand. Da spürte sie, daß ihr Herz nicht mehr an seinem Platz blieb, der Bauch tat das gleiche, am Hals löste sich die Haut ab. Und die Gesichter der Mutter und der Schwestern wurden entsetzlich.

Sie sagte: »So redet doch!«

Die anderen wandten sich einer Tür zu: Und da kam

der Vater die Treppe herauf, mit zwei vollen Säcken auf den Schultern, das Gesicht blutüberströmt, soviel Blut, daß es den Mühlgraben füllte.

Sie schrie unter der Last der Säcke auf, die sie auf dem eigenen Leib spürte.

Pietro hatte eine Vorliebe für Feldblumen: die blassen Blumen mit den unbestimmbaren und fast einander gleichenden Gerüchen. An die aus dem Garten hatte er nie denken können, ohne rot zu werden und sich ganz verwirrt zu fühlen. Aus Gewohnheit füllte er sich die Taschen mit weißen und roten Margeriten, mit gelbem Löwenzahn, mit weißlichen und rosafarbenen Wicken, mit Klatschmohn, Ginster, Veilchen, mit Heckenrosen und Weißdorn und den Blüten der wilden Erbse. Dann kaute er auf ihnen herum.

Von Ghìsola hatte er gelernt, wie man Tinte aus Brombeeren macht und daß man bestimmte rötliche Blumen, die wie wilde Lilien aussehen und auf dem Feld zwischen den Getreidehalmen wachsen, aber niedriger als die Ähren, wegen ihres leichten Honiggeschmacks lutschen kann und wann die roten Beeren an den Hecken zum Essen reif sind. Sie hatte ihm das beigebracht, damit er aufhöre, ihr Erdklumpen nachzuwerfen, seit er herausgefunden hatte, daß sie von einem Ackerstück zum andern streifte, bestimmt nicht, um zu arbeiten.

Eines Tages, als er gerade zu Mittag aß, erfuhr Pietro, daß Ghìsola nach Radda zurückgegangen sei: Rebecca erzählte es Adamo. Er hob den Kopf, um besser hören zu können, und aß weiter; aber er blieb, gleichsam in sich verkrochen, bis zum Abend am Tischende sitzen, den Kopf zwischen den Fäusten.

Der Regen hämmerte gegen die geschlossenen Fensterscheiben, als wolle er das ganze Zimmer überfluten. Es war einer dieser stürmischen Schauer, die gegen die Mauer schlagen, wie um sie einzureißen; und plötzlich fällt der Regen gerade herunter, durchsichtig und klar, dann sieht man ihn in die entgegengesetzte Richtung peitschen, und schließlich hört er auf, bis einen nur noch hin und wieder ein paar Tropfen wie eisige Nadelspitzen ins Gesicht treffen.

Und alle Straßen ändern ihre Farben, atmen auf, füllen sich mit Sonne, die dann Schatten wird und wieder Licht. Während die Wolken von den Montagnola-Bergen wie von einem Wall direkt auf Siena zukommen, ziehen sie über den Monte Amiata hinweg.

Straßen, die in alle Richtungen gehen, sich berühren, sich voneinander entfernen, sich zwei- oder dreimal wiederfinden, stehenbleiben, als ob sie nicht mehr wüßten, wohin sie führen sollten; dazwischen kleine, verwinkelte und steile Plätze, versunken und eng zwischen den sie bedrängenden alten Palazzi.

Kreise und krumme Häuserlinien, die sich gleichsam verknäueln, als ob jede Straße versuche, ihren eigenen Weg zu gehen; Fetzen von Landschaft, die im Spalt einer Gasse erscheinen, im schrägen Winkel von einer Kirchentreppe, von irgendeiner vergessenen und verlassenen Loggia aus gesehen.

Nun malte sich Pietro aus, wie man Ghìsola aus Bosheit zwinge, allein dahinzugehen, ganz weich und nachgiebig in ihren Bewegungen. Und während er diesem Gedanken lange nachhing, schlief er ein.

Pietro hatte mit der Kunstschule bereits ein Jahr vertan, ohne daß über seine Zukunft entschieden worden wäre; die hing von den Ansichten der ältesten Gäste ab und von seinem Vater, der sich freilich nur selten daran erinnerte, und dann voll Wut. Anna blieb unermüdlich in ihrem Bemühen, auch nach der mißglückten Zeichenprobe überzeugt, daß er begabt sei. Aber es war ihr Schicksal, daß sie ihm auf keine Weise nützen konnte.

Eines Morgens beschloß sie, mit Pietro zum Pfarrer zu gehen und diesen um seinen Rat zu bitten. Sie hatte bereits ihr bestes Kleid herausgelegt und wollte sich beeilen, damit ihr Mann nichts merke: Sie ging gewissermaßen heimlich. Plötzlich fühlte sie, wie sich ihr Herz immer enger zusammenzog; aber sie konnte nicht schreien. Sie merkte nicht einmal, daß sie stürzte.

Man fand sie mit dem Kopf auf dem Fußboden, beim Schrank, den sie geöffnet hatte; ganz ausgestreckt, wie ein Tier, das einen Tritt auf den Kopf bekommen hat; die Augen halb geschlossen und noch voll Leben, das Gesicht ein wenig verzogen, fast als ob sie ihren Tod nur der anderen wegen bedauere und bäte, man möge sie deswegen nicht schelten; mit dem Ausdruck einer unbeschreiblichen, schmerzlichen Sorge.

Rebecca, die nach ihr suchte, um ihr die Haare in Ordnung zu bringen, sah sie als erste. Sie öffnete sofort die Fläschchen, die bei den Krämpfen halfen, aber Anna atmete nicht mehr.

»Signora Padrona! Padrona!«

Erschrocken und am ganzen Leib zitternd rannte sie in die Küche und rief von dem Fenster, das auf den Eingang der Trattoria schaute, hinüber. Einer der Kellner hörte sie.

»Der Padrone! Er soll sofort kommen!«

Der Kellner, der glaubte, es handle sich um einen besonders schweren Anfall, legte den Lappen, den er in der Hand hatte, weg und ging in die Küche: »Wo ist der Padrone?«

»Er ist noch nicht zurück: Er zahlt noch die Rechnung beim Gewürzhändler.«

»Lauft und sucht ihn! Der Padrona geht es schlecht!«

Der Küchenjunge, der geantwortet hatte, legte das Messer hin, mit dem er gerade den im Gußstein gestapelten und eben erst aus dem Einkaufskorb genommenen Fisch putzte, wischte sich die Hände ab, rollte sich die Schürze hoch und ging. Aber er konnte Domenico, der noch anderes erledigte, nicht gleich finden.

Als er ihn schließlich getroffen hatte, kehrten beide fast im Laufschritt zurück. Auf der Treppe stieß Domenico mit dem Arzt zusammen, einem Freund und Kunden, der eben herunterkam, um auf ihn zu warten: »Mein lieber Domenico ... Hört mir einen Augenblick zu!«

Der Wirt packte ihn bei den Schultern. Der Arzt zog seine Hände herunter und faßte ihn an den Gelenken.

»Domenico, diesmal ... Die arme Frau!«

Rosi schrie: »Lassen Sie mich los! Das ist nur ein Anfall.«

Aber er fühlte, wie alles in ihm zu Eis wurde, wie ihn eine Kälte durchlief, die in Wellen von den Fingerspitzen ausging und in der Kopfmitte endete. Für einen Moment glaubte er, es handle sich um eine Trübung seines Verstands; doch sein keuchender Atem – bei ihm, der sonst so gut atmete – sagte ihm, daß eingetreten sei, was er im tiefsten Innersten vorausgeahnt hatte. Wie dem begegnen? Wie Anna tot sehen? Mußte er wirklich hinauf?

Als er ins Zimmer trat – die Wände bebten und die Türen sprangen von selbst auf –, glaubte er nichts zu sehen. Dann berührte er das bereits kalte und ein wenig starre Gesicht; und da schloß er die Augen, warf sich über seine Frau und begann zu schluchzen.

Seine eigenen Schreie erschreckten ihn.

Ganz allmählich fing er an, seinen Schmerz zu fühlen. Es war ihm, als sei seine ganze Stärke plötzlich in Furcht verwandelt; es war ihm, als würde Poggio a' Meli weit von ihm fortgerissen und er hätte keine Zeit mehr, etwas dagegen zu tun; es war ihm, als schlössen sich die Türen seiner Trattoria von selbst und wollten nicht mehr geöffnet werden; und als ob Anna besonders gelitten hätte, weil sie nichts mehr hatte sagen können. Und alles brach in ihm zusammen.

Sein Schmerz war so massiv, daß alle ihn hätten trösten müssen! Jetzt reute es ihn, daß er seine Frau nicht genügend geliebt hatte!

Anna war langsam erkaltet; und da ihr irgend jemand die Augen zugedrückt hatte, sah sie für all die Leute, die um sie herumstanden, zum erstenmal fremd aus.

Einer von ihnen faßte sie unterm Kinn und meinte voll Mitleid: »Wer weiß, was sie hätte sagen wollen! Was für eine Qual! Die arme Frau! So ein guter Mensch!«

Pietro sah sie erst, als man sie schon aufs Bett gelegt hatte, und er wußte nicht, was er von dem Ganzen halten sollte. Domenico sprach erst mit ihm, als ihn jemand daran erinnerte. Aber ohne jede Liebe; fast mit dem Bedürfnis, ihm aus dem Weg zu gehen. Und doch hoffte er in diesem Augenblick mehr denn je, ihn für die Trattoria halten zu können. Indessen fuhr er fort, so zu schreien, daß man ihn bis auf die Straße hörte.

»Man denkt, sie würde gleich vom Bett aufstehen!« sagte Rebecca.

Plötzlich ging Domenico noch einmal zu ihr hin, berührte ihre Haare, machte eine Gebärde der Verzweiflung; und er brüllte noch lauter. Pietro, der nichts empfand außer einer vagen Beunruhigung, lehnte sich an die Kissen und versuchte zu weinen: Innerlich fragte er sich, ob auch die anderen so wenig empfänden, und er fühlte eine unsägliche Erleichterung, als der Vater hinausgeführt wurde, so daß er dessen Schmerz nicht mehr sehen und hören mußte, der ihm genauso zuwider war wie die Zornesausbrüche.

Rebecca sagte zu ihm: »Die arme Mamma, sie hat dich so liebgehabt!«

Ihm bedeutete das wenig, im Gegenteil, er nahm diese Worte übel; und er ging weg, um sich abzulenken – und schämte sich.

Am Morgen des Beerdigungstages hatte er alles vergessen, als er durch die halboffene Tür den Vater auf sich zukommen sah. Ohne zu wissen warum, hatte er Angst, bis aufs Blut geschlagen zu werden.

Domenico sagte zu ihm: »Zieh dich an, sie bringen gleich deine arme Mamma weg.«

Pietro zwang sich zu gehorchen. Er fürchtete sich jetzt vor irgendeinem Unheil, das bestimmt über ihn hereinbrechen würde!

Er stieg aus dem Bett; und während er sich anzog, versuchte er, die Gebärden des Schmerzes nachzuahmen, die er gesehen hatte.

Auf diese Weise stieg schließlich eine stumme Heiterkeit in ihm auf, vermischt mit Entsetzen.

Doch als man ihn die Mutter noch einmal küssen ließ, ehe man sie in den Sarg legte, dachte er: »Warum komme nicht auch ich hinein? Legt mich doch hinein.«

Dann überfiel ihn eine unerhörte Betroffenheit: »Glaubt ihr denn wirklich, daß sie tot ist? Ihr verstellt euch doch alle. Auch das ist eine Verstellung. Ich hab' ja gewußt, daß ihr mir etwas Schlimmes antun würdet. Das verdiene ich nicht!«

Er schluchzte, überwältigt von einer dumpfen Verzweiflung. Warum hatten sie ihm nicht früher gesagt, daß sie tot war?

Er blieb bei den Leuten, die den Leichnam in den Sarg betteten; doch er hätte nicht einmal den Zipfel des Kleides berührt. Und er sah mit Verwunderung, wie die anderen alles verrichteten, als handle es sich um irgendeine beliebige Angelegenheit, unter Tränen und mit jenen Zeichen der Zuneigung, die kein Ende zu nehmen schienen: wie sie den Kopf auf dem Kissen mit dem eingestickten Monogramm zurechtrückten, die Füße nebeneinander legten, eine Blume wieder ins Haar steckten, die zwischen eine Schulter und die Sargwand gerutscht war.

Pietro hätte gewünscht, daß keiner da wäre; und all diese Hände, die sich so flink bewegten, taten ihm weh. Diese Hände, diese Hände!

Er wollte schreien: »Bringt sie schnell weg! Warum habt ihr sie noch nicht weggebracht? Ich will sie nicht mehr im Haus haben.« Und er wunderte sich über den Vater, der nicht die Geduld verlor, vielmehr ein wenig besänftigt schien durch all diese Aufmerksamkeiten.

Pietro wollte dem Sarg auf seinem Weg zum Friedhof unbedingt in der geschlossenen Kutsche folgen; und er zog nervös die alten Vorhänge aus dunkelblauer Seide zu, um von niemandem gesehen zu werden. Domenico dagegen wäre, schon aus Sparsamkeit, lieber zu Fuß gegangen. Aber Pietro war voller Unruhe wegen der Leute, die auf der Straße und sogar vor der Haustür standen, um zu schauen. Er bemerkte, daß sie sich sogar auf die Zehen stellten und den Hals reckten, um besser sehen zu können.

ANNAS TOD WAR für Domenico ein wirklicher Schlag. Die Angestellten arbeiteten nicht mehr so wie früher; und er, von einer Trostlosigkeit erfaßt, die ihn rasend machte, wurde noch aufbrausender; es kam nicht selten vor, daß er sich ohne jeden Grund mit jemandem anlegte. Er wurde auch sparsamer und versagte sich viele Vorhaben für die Trattoria und für das Gehöft. Er mußte mehr arbeiten und litt unter der Müdigkeit. Und er war ganz und gar außerstande, sich um den Sohn zu kümmern, wie er es hätte tun sollen. Er überließ ihn mehr oder weniger sich selbst; aber wenn es ihn dann wieder reute, behandelte er ihn mit einer solchen Rücksichtslosigkeit und unverhältnismäßigen Heftigkeit, daß auch Rebecca ihn in Schutz nahm. Und er hörte für diesmal auf; doch bei der nächstbesten Gelegenheit trieb er es noch ärger, als ob er sich für etwas rächen müsse.

Anna war in der zweiten Januarwoche gestorben; und jeden Sonntag, noch ehe es hell wurde, ging der Wirt mit zwei Blumensträußen zu ihrem Grab. Einen wollte er ihr selbst bringen, den anderen sollte Pietro nehmen. Aber Pietro gehorchte nicht. Unter den Schlägen in die Knie gehend, gedemütigt, rief er: »Aber warum denn? Du kannst mich doch nicht treten!«

Und wenn jemand sie gesehen hätte?

Am Himmel zeigten sich jene ausgedehnten hellen Stellen, die den noch fernen Tagesanbruch ankündigen; die Straßen waren düster und feucht.

Für gewöhnlich waren nur wenige Leute unterwegs, eiligen Schritts; und man konnte verstehen, was sie sagten: Die Stimmen hallten auf dem Pflaster wider wie die genagelten Schuhe. Und der eine oder andere – meist Gepäckträger, die zu den ankommenden Zügen gingen – zündete sich seine Pfeife an, wobei er beide Hände schützend um das Streichholz hielt.

Etwa auf halbem Weg betrat Domenico ein Café, in dem ein Mädchen mit einem derart ausgeschnittenen Kleid bediente, daß Pietro immer Angst hatte, es könnte ganz aufgehen.

Sie lachte die Gäste an; und ihre gepuderten, festen runden Wangen blähten sich dabei so auf, daß sich die Augen fast schlossen. Sie servierte dieses Lächeln genauso wie die goldgeränderten Porzellantäßchen.

Pietro wollte nicht mit hinein. Aber Domenico kam wieder heraus und zog ihn hinter sich her.

Das Mädchen schäkerte mit Domenico. Doch Pietro stand mit gesenktem Kopf da, verlegen wegen ihr, wegen ihres Getues und wegen der wandhohen Spiegel; er wußte nicht einmal, wie er den Kaffee trinken sollte. Und er verbrannte sich die Finger und den Mund.

Er ging hinaus, noch ehe der Vater dazu gekommen war zu trinken; und durch die beschlagenen Scheiben, an denen der Dampf in langen und gewundenen Bahnen herunterrann, sah er ihn mit dem Mädchen lachen.

Bei gutem Wetter fiel auf den Turm des Palazzo Pubblico schon ein helleres Licht, und der Himmel war voller Schwalben, deren Gekreisch länger anhielt als ihre Flüge. Die Piazza del Campo war ganz rosafarben, mit einigen grünen Strichen von Gras und den Pfosten aus weißem Stein.

»Am nächsten Sonntag werde ich von allein hineingehen.«

Doch es schien, als wüchse diese Schüchternheit von einer Woche zur andern; als würde sie zu einer Krankheit; und beim Gedanken daran fühlte er den kalten Schweiß auf der Stirn. Die Hände, mit dem zwischen die Finger geklemmten Futter, erstarrten in den Taschen; und die Füße wollten sich nicht mehr bewegen.

Übrigens ging auch Domenico langsam; und wenn er

erkältet war, blieb er stehen, um das Taschentuch herauszuziehen und sich zu schneuzen.

Während sie die Via di Città und dann die Via di Stalloreggi hinaufgingen, wurde Pietro immer trauriger.

Am Friedhof angekommen, plauderte Domenico mit Braciola, dem Totengräber, einem Mann von der Farbe seiner Erde, dick, als wäre er ein Sack voller Würmer, mit weißlichem Schnurrbart. Und nachdem Rosi die Sträuße in zwei lange Porzellanvasen gesteckt hatte, in denen noch ein wenig Wasser war, fast schwarz, immer dasselbe, schaute er sich um und rief: »Wie rasch er sich ausbreitet! Als deine Mamma starb, gingen die Gräber nur bis hierher.«

Er blieb immer noch stehen und fragte dann: »Ob die Witwe heute nicht gekommen ist?«

»Vielleicht vor uns. Laß uns gehen, es hat doch keinen Zweck, auf sie zu warten.«

»Es ist noch früh. Warum willst du nicht auf sie warten? Sie bringt jeden Morgen ihre Blumen.«

Es regte Domenico auf, daß sein Sohn überhaupt nichts von ihr wissen wollte, der einzigen Person, die man um diese Zeit außer ihnen auf dem Friedhof traf!

Doch die Witwe sah den Wert ihrer ergebenen Treue beeinträchtigt. Warum mußte ausgerechnet dieser Rosi die gleiche Gewohnheit annehmen, wo es doch stadtbekannt war, daß er seine Frau keineswegs so angebetet hatte, wie er jetzt glauben machen wollte?

Für gewöhnlich warf sie ihm einen mißtrauischen Blick zu und dankte widerwillig für seinen Gruß. Und welchen Eindruck ihr erst dieser Junge machte, der die Gräber nicht einmal anschaute, die Hände in den Taschen und mit seiner verschlafenen oder impertinenten Miene!

Pietro rief: »Ich geh' jetzt.«

Und diese Streiereien wurden immer ärger. Einmal, inzwischen ging der Winter schon zu Ende, schrie ihn Domenico an: »Mach, daß du fortkommst!«

Pietro wurde rot, aber er sagte: »Was geht die mich denn an?«

In der Feuchtigkeit lag die Erde der frischen Gräber da wie gekneteter Teig. Hin und wieder flog ein Vogel darüber hin, ganz auf eine Seite geneigt. Zwischen den Zypressen sah man die Berge: blaß, wie lange Striche von noch nasser Farbe.

Die Grabsteine waren mit kleinen grauen Schnecken übersät. Der Dom trat immer weißer hervor; und während Pietro ihn betrachtete, merkte er, daß er voller Zorn war.

Sie begegneten der Witwe am Tor; und Domenico grüßte sie. Die Frau dankte, ohne den Kopf zu drehen; doch Pietro streifte ein Blick aus den Augenwinkeln. Domenico blieb stehen und sagte wie jedesmal: »Jetzt geht sie zum Grab ihres Mannes.«

Jeder kannte sie nur vom Sehen, und Domenico wußte über sie nicht mehr als die andern. Wenn sie vom Friedhof, wo sie mindestens eine halbe Stunde lang betete, heimging, machte sie ihre Einkäufe; und dann sah man sie nicht mehr bis zum nächsten Morgen.

Sie war klein und dick; und beim Gehen wippte ihr Busen, der gleichsam vom Vorsprung des Bauches gestützt wurde, auf und ab. Ihr zu kleiner Hut wurde von einem schwarzen Gummiband gehalten, das ihr hinter den Ohren und unterm Kinn saß. Bei jedem Schritt zitterte eine seiner alten grünlichen Federn, als hätte sie einen Stoß abbekommen. Zwischen den spärlichen und mit Hilfe einer Klammer straffgezogenen Haaren sah man den Nacken, fettig und rosa wie ein

Stück Gänsehaut. Seit undenklicher Zeit ging sie immer gleich gekleidet – vielleicht nicht einmal aus Armut.

Domenico, der ihr mit den Augen gefolgt war, fragte den Sohn: »An was denkst du?«

Pietro lächelte und sagte: »Ich? An nichts.«

»Warum stehst du dann so da und schaust auf den Boden?«

»Ich merke das selbst gar nicht, das weißt du doch!«

»Ja, und wie häßlich du aussiehst! Dabei hätt' ich so gern einen netten Sohn in die Welt gesetzt. Und warum willst du eigentlich wieder auf die Schule? Hast du dich nicht rauswerfen lassen?«

Von der Schule sprach Domenico mit ihm nur voller Ressentiments und in Augenblicken, in denen er glaubte, seinen Sohn beeinflussen zu können.

Der Junge schwieg, und es war ihm, als fiele er in Ohnmacht: Nie würde der Vater versäumen, ihm das vorzuwerfen, um es für sich auszunützen!

Und Domenico, der ihn verwirrt und beschämt sah, fing wieder an: »Du könntest mir doch helfen und in ein paar Jahren heiraten.«

Es schien ihm günstig, den Sohn rasch zu verheiraten, jetzt, da in der Trattoria eine Padrona fehlte. Und mehr als einmal hatte er mit einem Blick dessen Aussehen und Statur gemustert, um sich zu überzeugen, daß es nicht zu früh sei, auch wenn Pietro erst sechzehn war.

»Ich . . . ich werde nicht heiraten.«

»Aber dann, überleg dir das gut, werde *ich* wieder eine Frau nehmen müssen. Würde dir das was ausmachen?«

Pietro zögerte; doch um sich die Schule nicht ausreden lassen zu müssen, fragte er: »Und wer wäre das?«

Der Vater, der ihn auf die Probe stellen wollte, erwiderte: »Das wirst du bald genug erfahren.«

Und er sah ihn an. Aber Pietro hatte davon gesprochen wie über etwas, das ihn nichts anging; und er setzte hinzu: »Man hat mir gesagt, diese Signora ... die mit den zwei Töchtern. Die Signora ... die auch vorgestern zum Essen da war.«

Es handelte sich um reinen Klatsch. Domenico erwiderte: »Gescheiter wäre, du würdest eine von den beiden heiraten.«

»Ich?«

Pietro wurde wieder rot, denn das erschien ihm als etwas Unerreichbares – wenn es ihn auch ein wenig erregte.

»Ich zeig' dir schon noch die, die ich für dich aussuchen würde.«

Pietro lachte: »Ich weiß schon: die Jüngere.«

Doch Domenico sagte nichts mehr, denn ihm war eingefallen, daß er am Abend zuvor vergessen hatte, den Landarbeitern bestellen zu lassen, sie sollten die Kühe zum Bespringen bringen.

»Wenn du mir keine Antwort gibst, warum haben wir dann überhaupt davon angefangen?« erkühnte Pietro sich zu fragen.

Aber Domenico schrie zornig: »Du hast dich nicht in meine Angelegenheiten einzumischen! Soll ich vielleicht auch noch deine Frau durchfüttern? Wenn du es schon zu nichts bringst! Ich sag' dir was: Am besten wär's, du gingst nach Poggio a' Meli!«

Und wie immer, wenn sich die Gelegenheit dazu bot, zog er aus der Westentasche einen kleinen schwarzen Rosenkranz, den er zusammen mit ein paar Goldstücken mit sich herumtrug; und er sagte den üblichen Satz, nachdem er Pietro das Kreuz fest auf die Stirn gedrückt hatte: »Siehst du? Das ist das Andenken an meine arme Mamma Gigella. Ich trag' es immer bei mir. Es ist das einzige, was sie mir mitgegeben hat, als ich nach Siena gegangen bin. Und du, was hast du, das dich an deine Mamma erinnert?«

Aber als er merkte, daß Pietro ihm nun seinerseits gar nicht mehr zuhörte, erfaßte ihn Unruhe: Es war doch nicht möglich, daß ein Sohn sich so verhielt! Und wenn man daran dachte, daß er sogar die Absicht gehabt hatte, ihm seinen Namen zu geben – so sehr sollte er ihm gleichen, ihm gehören!

Am liebsten hätte er Pietro mit den Händen gepackt und zerbrochen wie einen Zweig! Ausgerechnet der eigene Sohn entzog sich seinem Willen? Hätte er nicht im Gegenteil mehr gehorchen müssen als alle anderen?

Mit einemmal wurde ihm, wie durch eine heimtückische Einflüsterung, klar, daß auch Pietro nichts anderes war als irgendein beliebiger Mensch.

Aber dann wäre es besser gewesen, man hätte ihm den Sohn gar nicht geboren. Warum war er ihm überhaupt geboren worden? Am besten, gar nicht mehr mit ihm reden und es ertragen, daß er neben einem herlief, schweigend, den Kopf so tief gesenkt, daß er damit noch einmal auf dem Pflaster aufschlagen würde.

Pietro brachte den Kellnern, die auf der Straße warteten, die Schlüssel zum Lokal; und er trat mit ihnen ein; aber weil er keine Lust hatte, dort zu bleiben, wie er es hätte tun sollen, ging er in die Wohnung hinüber. Domenico hatte ihm die Schlüssel gegeben und dabei vermieden, daß sich ihre Blicke trafen. Nachdem er jetzt von seinen Besorgungen zurück war, ließ er ihn holen, weil er die Angestellten allein gelassen hatte.

»Du wirst nie ein richtiger Padrone werden. Wie willst du denn kommandieren, wenn du selbst nichts lernst?«

Jetzt redete er mit dem Sohn, um sich das Herz zu erleichtern; und sein Tadel war voll Güte. Nachdem er die Bündel mit den Vögeln, die am Spieß gebraten werden sollten, in die Hand genommen hatte, erklärte er ihm: »Das da ist eine Drossel und das da eine Lerche. Hilf mir jetzt beim Rupfen.«

Und er setzte sich vor einen großen Korb, in den die Federn fielen. Aber Pietro war mit seinen Gedanken so weit fort, daß er leise vor sich hin summte; und dann meinte er: »Wenn es dir recht ist, geh' ich und lese ein Buch.«

Domenico fädelte die letzten gerupfen Vögel auf einen Spieß und baute den Grill auf; dann fragte er: »Was ist das für ein Buch?«

»Auch wenn ich es dir sage, kannst du nichts damit anfangen.«

Mit erhobener Hand und der Miene des Padrone verkündete Domenico: »Ich verstehe davon mehr als alle Gelehrten zusammen, denn ich bin dein Vater. Niemand weiß besser als ich, was für dich gut ist.«

Und er legte die Hand auf die Brust, wie um zu bekräftigen, daß er die Wahrheit sage: auf die ganz mit Blut bespritzte und von Federn bedeckte Schürze. Dann ging er zum Herd und zerteilte mit der Kohlenschaufel die dicke Glut; er packte Tiburzi bei den Schultern, bog ihn zum Ofenloch und schrie: »Siehst du denn nicht von selbst, daß das Feuer ausgeht?«

Domenico dachte schon nicht mehr an Pietro; aber als er ihn immer noch da stehen sah, trat er mit geballter Faust auf ihn zu: »Mach, daß du fortkommst!«

Pietro rührte sich nicht vom Fleck und senkte den Kopf, mit einem Blick von unten herauf.

Nicht einmal das atemlose Hin und Her der Köche – von Domenico, der immer binnen einer Stunde sämtliche Gerichte vorbereitet haben wollte, beständig angetrieben und sogar mit Schimpfworten und Stößen traktiert – konnte ihn aus seiner Geistesabwesenheit reißen.

Die Gereiztheit des Wirts hatte alle verstummen lassen; und keiner konnte sich seinen Befehlen entziehen, auch wenn er auf diese Weise womöglich noch mehr falsch machte. Aber als Domenico in eine dunkle Kammer ging, um die Fleischstücke, die nicht verwendet wurden, eigenhändig an die Haken zu hängen, drehte sich Guerrino sofort zu Pietro und steckte die Zunge zwischen die Zähne, um ihn an einen Witz zu erinnern, den er, Guerrino, am Abend zuvor erzählt hatte. Alle grinsten, ohne die Arbeit zu unterbrechen. Und Pietro sagte leise: »Erzähl noch einen.«

Der Koch rutschte auf einem Stück Schwarte herum und bedeutete ihm, er solle warten. Tiburzi, in seiner dunkelblauen Jacke, die sich über dem Schürzenband in vielen Falten bauschte, paßte mit flinken Augen auf, ohne dabei den Kopf zu bewegen: mit lachendem Gesicht und vor Vergnügen aufstampfend, die Arme im lauwarmen Wasser der fettigen Bottiche, in denen sich das schmutzige Geschirr stapelte. Er hatte einen harten und gelblichen Adamsapfel, als ob ihm ein Stein im Hals steckengeblieben wäre; einen jener Kröpfe wie satte Hennen.

Aber Domenico, der öfter so tat, als sähe und hörte er nichts, um seine Untergebenen genauer kennenzulernen, kam zurück und sagte: »Ghìsola hat auch dir schlechte Gewohnheiten beigebracht.«

Erschrocken und überrascht fragte Pietro: »Wieso?«

Alle schauten zu ihm hin, mit vergnügter Neugier.

Warum beschuldigte sie der Vater? Sicher hatte man ihm Dinge hinterbracht, die nicht stimmten! Deswegen war sie also nach Radda zurückgeschickt worden! Er dagegen empfand Sympathie für sie: gerade wegen der Ungerechtigkeit, mit der man über sie herzog; und es verlangte ihn danach, sie wiederzusehen.

Aber warum musterten ihn alle so boshaft und amüsiert lachend? Und warum war sein Vater so überzeugt von dem, was er sagte? Pietro verharrte niedergeschlagen, die Finger auf das Tischchen gestützt.

Er war jetzt ein magerer und blasser junger Mann, mit der schlechten Angewohnheit, eine Schulter hochzuziehen. Er kleidete sich nachlässig, eine rote Kordel um den immer zerknitterten und schmutzigen Kragen. Die Haare blond, die Ohren zu groß und abstehend; die Augen von einem ganz hellen Blau und mit einem Blick, als ob er etwas zu verteidigen hätte. Das Gesicht drückte eine unschuldige und melancholische, aber deutliche und resolute Aufsässigkeit aus, die beinahe peinlich und unangenehm berührte.

Bisweilen machte er tagelang einen unzufriedenen Eindruck; aber wenn man mit ihm redete, wurde er sofort ausgeglichen und umgänglich. Er stotterte weniger.

Sein Verhältnis zu den Dingen blieb allzu verschwommen, und er litt darunter. Der Frühling war geradezu gewalttätig. Und da ein Buch lesen, unter einem Baum! Er unterbrach die Lektüre mitten auf der Seite, willkürlich, um aufzustehen und einen Zweig bis zum Gesicht herunterzuziehen, fast als wolle er sich von ihm liebkosen lassen. Aber am liebsten hätte er ihn zuerst um Erlaubnis gebeten, vor sich die Hügel, bedeckt mit weißen, herabhängenden Wipfeln: Mandel- und Pfirsichbäumen, die sich ganz nach einer Seite neigten, als ob sie sich über die Erde breiten wollten. Und nachdem er sich vergewissert hatte, daß ihn niemand beobachtete, seufzte er und fing wieder zu lesen an. Er hatte das Buch für seine Seele noch nicht gefunden. Manchmal las er nicht weiter, denn es kam ihm vor, als sähe er hinter die Seiten, die wie durchsichtig und schwerelos wurden.

Auch wenn ein Insekt, das an seinen Hosenbeinen hinaufgekrabbelt war, auf dem Buch landete, hörte er auf.

Mitunter schoß ein Vogel durch die blühenden Zweige, mit der Bewegung und der Kraft einer eingefädelten Nadel: als ob sich die Zweige allein für ihn geöffnet und dann wieder geschlossen hätten.

Auch als Anna noch lebte, hatte Pietro nicht in die Kirche gehen wollen; und es war ihr fast nie gelungen, ihn zum Beten zu bewegen. Inzwischen fühlte er sich als Atheist. Er fluchte, weil er sich von den Vorurteilen der Pfarrer distanzieren wollte. Und Domenico gab die ganze Schuld daran diesen vermaledeiten Büchern aus der Schule.

Domenico liess die Tiere in Poggio a' Meli samt und sonders kastrieren; und die Landarbeiter hatten ihren Spaß dabei, einen Spaß, in dem Giacco und Masa eine Spitze gegen ihre Enkelin zu entdecken glaubten: »Das ist gut: so laufen sie wenigstens nicht von daheim weg! Und dicker werden sie auch.«

Manchmal pickten zehn oder zwölf zu Kapaunen gemachte schlappe Hähne mit blutverschmierten Federn lustlos im Hof herum; im Stall lagen die Kälber wie betäubt nach dem Eingriff, dumpf, die Augen noch dunkler und trauriger.

Der Hund träge auf der Tenne ausgestreckt; die Katzen still und mißtrauisch, unter die Wagen und hinter die Reisigbündel geduckt, die Augen immer offen.

Jetzt ließ sich Domenico einen Kater für die Trattoria heraussuchen. Der Verschneider packte das Tier und steckte es mit dem Kopf nach unten in einen Sack, den er zwischen die Knie geklemmt hielt; und mit seinem großen Messer machte er einen kräftigen Schnitt. Es sah aus, als wollte der Kater benommen im Sack bleiben; doch dann sprang er miauend heraus und war sofort verschwunden.

»So, fertig. Das Miauen ist ihm aber spät eingefallen!«

»Das ist wirklich schnell gegangen!«

Und die Männer lachten anerkennend.

Domenico, der sich etwas abseits gehalten hatte, auch um einen gewissen Widerwillen zu demonstrieren, sagte zu dem Verschneider: »Wieviel kriegst du?«

»Eine Lira. Ist das zuviel?«

»Eine Lira?«

»Geben Sie mir, was Sie wollen. Es geht ja doch nur nach Ihrem Kopf.«

Der Mann hatte von einem Schlaganfall einen schiefen Mund zurückbehalten; und seine Triefaugen tränten beständig.

»Ich geb' dir eine halbe Lira. Und dann kommst du in die Trattoria und ißt einen Teller Spaghetti.«

Und er zählte ihm das Geld auf die Hand.

Der Mann ließ es einen Augenblick auf der Handfläche liegen, als wollte er es abwägen; dann schob er es mit einer Grimasse ärgerlicher Unzufriedenheit in die Tasche, nicht ohne sich vorher zu vergewissern, daß sie auch kein Loch hatte.

»Hoffentlich sind wenigstens die Spaghetti reichlich!«

Und mit einem Blick auf die Landarbeiter, die sich gerade zum Mittagessen versammelt hatten, tippte er auf Domenicos Bauch und sagte: »Da sieht man, wie die Reichen dick werden!«

Aber die Arbeiter taten, als hätten sie nichts gehört; und Carlo hielt sich die Hand vor den Mund. Pietro fragte: »Wo mag der Kater hin sein? Soll ich nach ihm schauen?«

»Laß ihn nur, wenn er Hunger hat, kommt er schon wieder.«

»Er wird doch nicht sterben?« fragte er den Verschneider.

»Ach was: Der leckt sich die Wunde, bis sie sich geschlossen hat. Die können sich besser helfen als wir!«

Und man unterhielt sich über die früheren Kastrationen, vor allem über die Toppas, der seither knurrend den Schwanz einzog, wenn sich ihm andere Hunde näherten. Alle hatten sich zu dem Tier hingedreht, und Toppa machte sich davon, als ob er verstanden hätte. Aber er kam gleich wieder, weil die Landarbeiter beim Essen saßen, plaudernd unter ihren offenen Türen, die, einander gegenüber, auf den Vorplatz gingen; die Frauen brachten währenddessen ihre Arbeit im Haus zu Ende.

»Schöpf mir einen Krug Wasser, Adele!« sagte Carlo und stand von seinem Platz auf.

Die Frau gehorchte; und sie ließ den Krug auf dem Ziehbrunnen stehen, während die Feder der Kette nachzitterte.

Die Männer waren ihr mit den Augen gefolgt; und nun tranken sie nacheinander und tauchten ihre harten Brotstücke ein.

Während sie auf dem Vorplatz herumstanden, redeten sie über ihre Arbeit auf dem Feld, nicht ohne darauf zu achten, ob der Padrone, der gegangen war, um nach den Kühen zu sehen, zurückkäme.

Pietro stand bei ihnen und schaute amüsiert zu, wie sie kauten: Einer legte, damit auch ja kein Brosamen verlorenging, den Kopf nach hinten und schob sich das Brot mit der flachen Hand in den Mund.

Carlo war ein dicker und robuster Mann, auch wenn er im Winter wehe Beine hatte. Sein Hemd aus grobem Leinen war immer das sauberste. Aber er stank nach

Stallmist; und sein Atem roch nach Knoblauch und Zwiebeln, auf die er ganz wild war. Nach jedem Biß betrachtete er den Abdruck seiner Zähne im Brot.

Der Verschneider, der ihn den anderen vorzog, zeigte ihm, ehe er ging, die Geldstücke, die er an diesem Tag eingenommen hatte: »Schau sie dir an! Die sind wie wir Menschen: der eine so und der andere so. Auf das da hat man mit dem Hammer geschlagen, und man sieht kaum mehr, was es sein soll. Das hier ist krumm wie ein Lahmer. Durch das hat man ein Loch bohren wollen, wie wenn du einem mit dem Messer einen Stich versetzt oder er dir. Und das da ist so abgewetzt, daß es nur noch das halbe Gewicht hat: Das ist ein armer Schlucker wie ich, und ich werd's als erstes vertrinken, damit es mich nicht daran erinnert. Also dann, auf Wiedersehen.«

Er spuckte aus und fluchte.

Carlo erwiderte seinen Gruß kaum. Dann, als der andere ihn nicht mehr hören konnte, sagte er: »Der wollte mit meinem Brot zu Mittag essen. Aber das ist ihm nicht geglückt.«

Und er schaute zu seiner Wohnung hinüber, wo der Brotkasten noch offenstand.

Es waren drei Jahre vergangen; und Pietro hatte das Abschlußzeugnis der Realschule erworben. Tatsächlich hatte er sich, nach vielen Schwierigkeiten und unter nicht geringem Mißtrauen wieder auf die Schule geschickt, mit dem Lernen Mühe gegeben.

Seine freien Stunden verbrachte er ganz mit den Kameraden; und Domenico erlaubte sogar, daß sie in die Trattoria kamen, um ihn abzuholen.

Aber es war auch die Zeit, in der er seine ersten Erfahrungen mit den Frauen machte. Er ging heimlich hin; und um sich das Geld zu besorgen, verkaufte er die Bücher und ein paar Dinge, die er aus dem Haus schaffen konnte, ohne daß Domenico es merkte: ein Majolikaservice, ein paar Medaillons aus Halbedelsteinen und sogar einen alten Fächer aus Elfenbein und Seide. Danach legte er die Schlüssel wieder unter ein rundes Wolldeckchen, das als Lampenuntersatz diente.

Einer der Taglöhner, die Domenico in Poggio a' Meli beschäftigte, verliebte sich in Rebecca; und er ließ erkennen, daß er sie gern heiraten würde. Rosi, der einige Zeit zuvor eine andere Nichte von Rebecca, eine Kusine Ghìsolas, ebenfalls aus Radda, hatte kommen lassen, meinte, er könne seine Einwilligung dazu geben und die Nichte auf den Platz der Tante setzen. Er übernahm die Mitgift und eine Reihe anderer Unkosten; und überdies stellte er den Ehemann als Kellner ein.

Nach Annas Tod war Rebeccas Verhältnis zum Padrone weiterhin gut geblieben; aber diese Nichte, Rosaura, hatte sie dann bald verdrängt; und bis es zur Heirat kam, stritten Tante und Nichte sogar in der Trattoria miteinander – zur großen Besorgnis von Giacco und Masa, die das Brot ihres Alters nicht aufs Spiel setzen wollten.

Masa versteckte sich, damit man nicht sah, daß sie sich immer wieder ausruhen mußte; sie hatte Angst, man würde sie fortschicken, und das um so mehr, als auch sie dem Padrone wenig traute, den sie besser kannte als die übrigen. Wenn sie sich hinsetzte, zog sie den Rock hoch, rollte die weißen Baumwollstrümpfe herunter und kratzte sich an den Beinen, die ihr ständig weh taten.

Den anderen Frauen, die auch nicht mehr Lohn bekamen, entging das nicht; und sie wurden neidisch und mißgünstig und nannten sie sogar eine Diebin. Doch um gut bei ihr angeschrieben zu sein, halfen sie ihr auch wieder.

Tatsächlich hatte sie bei Domenico weiterhin einen Stein im Brett, weil sie ihn über alles auf dem laufenden hielt, was auf dem Gehöft passierte.

Aber Giacco fragte Pietro nicht mehr nach Stummeln; vielmehr glaubte er, es sei ein schlechter Mensch aus ihm geworden, und er ging so weit, sich beim Padrone über ihn zu beklagen und zu behaupten, wenn er armer alter Mann, auf den alle herunterschauten, nicht gewesen wäre, hätte man in Poggio a' Meli auch noch die Ziegel vom Tennenboden gestohlen – und zwar im Einvernehmen mit seinem Sohn.

»Er hat keinen Verstand! Erlauben Sie, daß ich Ihnen das sage ... Vielmehr: nichts für ungut! Und was hat er gegen mich?«

Domenico beruhigte ihn; aber auch wieder nicht zu sehr, aus Berechnung. Und der Alte, der dann den Gekränkten spielte und erkennen ließ, daß er eigentlich gar nicht habe reden wollen, war sofort still.

Manchmal rief er, auf Pietro anspielend, mit heruntergezogenem Hut, den er sich mitleidheischend gegen die Knie schlug: »Ich hab' eben kein Glück!«

Aber er arbeitete nicht mehr mit den anderen und machte nur noch das, was vorher seine Enkelin getan hatte. Seine Beine hatten sich so verbogen, daß sie aneinanderstießen; und sie schienen kürzer geworden, wie manchmal die Seile von zwei nebeneinanderhängenden Glocken, wenn sie sich ineinander verdrehen.

Wenn er reden mußte, hatte sein großer Kopf Mühe, sich auf den mageren und gebeugten Schultern geradezuhalten. Er hatte ein unbestimmbares Gesicht, mit der wie leblos wirkenden Haut und den Runzeln wie kleine, von der Sonne verbrannte Splitter, in denen sich der fettige Schmutz festsetzte. Sein Mund verschwand unter dem zerzausten Schnauzbart, der an die Haare eines Tieres erinnerte. Die Bindehaut, von gelblicher Farbe, war verdickt.

Ehe er an eine Arbeit ging, kratzte er sich hinter den Ohren und hielt dabei mit der anderen Hand den Hut hoch: als ob er besonders gründlich überlegen wollte.

Wenn der junge Herr an ihm vorbeiging, faßte er ihn am Ärmel und fragte: »Reden Sie nicht mehr mit mir?«

Tatsächlich suchte Pietro ihn zu meiden, weil ihm seine doppelzüngige Art nicht gefiel, hinter der man nur allzu deutlich das Bestreben erkennen konnte, sich die Achtung von Leuten zu erwerben, die über ihm standen.

Indem er ihn festhielt, sagte Giacco mit einem Ton des Vorwurfs, der Vertraulichkeit vortäuschen wollte: »Und dabei kenn' ich Sie von Kindheit an, ich hab' Sie sogar auf den Knien gehalten... Sie sind doch nicht etwa böse auf mich?«

Er bemühte sich, Pietro ein Lächeln abzunötigen, um sich nicht eingestehen zu müssen, daß er ins Leere geredet habe. Doch dann fing er wieder an, düster, fast beschwörend, mit einem wehleidigen Unterton: »Warum mögen Sie mich nicht?«

Pietro wußte nicht, was er antworten sollte, wenn er auch Genugtuung empfand, ihn fast betteln zu sehen.

»Ich habe doch immer meine Pflicht getan, und Ihr Vater weiß das. Und ich werde sie weiter tun, solange Gott mich auf den Beinen hält.«

Und nun wurde seine Stimme fast hochmütig.

Der junge Mann empfand so etwas wie Widerwillen gegen diese aufdringliche Hartnäckigkeit.

Der Alte musterte ihn starr; Pietro warf ihm einen unsicheren Blick zu und machte sich los.

Giacco versuchte zu lächeln, aber wenn er Pietros Gesicht sah, wollte ihm das nicht gelingen. Doch Pietro fühlte sich befreit, schon weil er endlich weggehen konnte.

Einmal fragte er Giacco: »Und Ghìsola?«

Der Arbeiter plusterte sich vor Zufriedenheit beinahe auf: Intuitiv erfaßte er, welches das Mittel sein konnte, um sich bei dem jungen Herrn einzuschmeicheln; und doch zögerte er, davon zu profitieren.

»Oh, Sie haben lange nicht von ihr gesprochen!«

»Wo ist sie denn?«

Anstatt es ihm auf der Stelle zu verraten, gerade weil er ihm soviel hätte sagen wollen, kratzte sich Giacco die Brust. Durch einen Riß im Hemd sah man die großen Brustwarzen, wie mit schwarzem Blut gefüllt, mit den langen Haaren und den hervortretenden Poren. Ein dünnes Band, an dem ein Säckchen mit kleinen Medaillen hing, schmutzig vom Schweiß, lag eng um seinen Hals und hinterließ einen roten Strich.

»Sie ist in Radda, glaub' ich.«

Die Antwort kam mit leiser Stimme; und mit der kleinen Sichel deutete er auf die Höhen des Chianti-Gebiets.

»Vor zwei Monaten hat sie geschrieben . . . Sehen Sie? Da liegt Radda.«

»Habt Ihr den Brief noch?«

»Meine Frau hat ihn genommen. Ich glaube, daß sie ihn aufgehoben hat. Ich glaube es zumindest! Mein Gott, sie wird ihn doch nicht weggeworfen haben!«

Und während er das sagte, ließ er erkennen, daß das nicht der Fall war.

Pietro fragte: »Wieso weggeworfen? Wenn Ihr an ihr hängt, müßt Ihr den Brief noch haben. Ich will ihn sehen!«

Er redete, als müsse er ein Recht durchsetzen. Und seine Feindseligkeit gegen den Alten verstärkte sich. Verunsichert und neugierig geworden, sagte dieser noch: »Sie hat auch was anderes geschickt.«

Und er zwinkerte ihm zu.

»Was? Ich wette, ihre Photographie!«

Giacco legte Pietro eine Hand auf die Schulter, zog sie aber gleich wieder zurück: »Wer hat Ihnen das gesagt?«

»Hat sie sie nun geschickt oder nicht? Antworte!«

Giacco lehnte sich sichtlich vergnügt gegen einen Olivenbaum und rief: »Es stimmt tatsächlich!«

Er erinnerte an eine Schildkröte, die anfängt, sich zu bewegen, sobald sie das Gefühl hat, daß man sie in Ruhe läßt.

Pietro machte auf dem Absatz kehrt; und ohne ein weiteres Wort ging er zur Wohnung des Alten – erfüllt von einer unsäglichen Zufriedenheit. Radda schien ihm nur ein paar Kilometer weit weg!

Die von Wind und Regen wie zu unzähligen Häkchen gekrümmten Kornähren schimmerten in einem zarten Goldton; die Halme standen durcheinander, und einige waren geknickt.

Giacco rief hinter ihm her: »Hören Sie, hören Sie ...«

Masa saß auf der Schwelle zur Kammer und trocknete das Geschirr.

»Dein Mann hat mir gesagt, daß ihr einen Brief von Ghìsola habt. Stimmt das?«

Die Alte, die schon so oft mit dem Gedanken gespielt hatte, Pietro den Brief lesen zu lassen, bejahte; und dann fragte sie: »Hat wirklich *er* Ihnen das erzählt?«

»Ist dir das nicht recht?«

Und ohne zu warten, daß sie aufstand, stieg er einfach über die Frau hinweg, die sich ganz krumm machte, und trat in die Schlafkammer.

Masa war ihm sympathischer; doch beim Padrone redete sie genauso schlecht über ihn wie Giacco.

»Ich komme schon! Wühlen Sie nicht in der Kommode... Da finden Sie ihn nicht.«

Er sagte nur ärgerlich: »Beeilt Euch. Ihr seid töricht. Ihr begreift nicht, was ich von ihr denke.«

Er fürchtete, Giacco könnte dazukommen; und vor dem würde er den Mund halten, denn manchmal machten ihn seine Blicke mißtrauisch, wenn nicht gar vorsichtig.

Masa fand den Brief; doch ehe sie ihn Pietro gab, drückte sie ihn mit der flachen Hand an ihre eingefallene Brust: »Ich will nicht, daß der Padrone etwas davon erfährt.«

»Warum? Und wer soll ihm was erzählen?«

Sie wurde rot und erwiderte: »Das Warum wissen Sie besser als ich.«

Dann bewegte sie die Lippen, als ob sie den Zwirn benagte, um ihn einzufädeln.

Das Kuvert, und das verdroß ihn, war rundherum aufgerissen worden, um den Brief herauszuholen, den Ghìsola sicherlich einem Verwandten diktiert hatte, denn sie konnte nicht schreiben. Pietro las ihn ganz, mit lauter Stimme: Ihre Eltern hatten die Masern gehabt, die Tante Giuseppa konnte ihr Kind nicht stillen.

Dann fragte er: »Und wo ist die Photographie?«

Masa lachte, und seine Dreistigkeit freute sie sehr. Sie drückte sich mehrmals die Knöchel in die Hüften. Wenn sie lachte, sah man ihre dichtstehenden und immer noch weißen Zähne.

»Vor einer Woche ist sie mir hinter die Kommode gefallen; als ich sie abstauben wollte.«

Tatsächlich entdeckte er unter einer Reihe von Heiligenbildern, die an einer Schnur an der Wand befestigt waren, einen Rahmen aus altem, dunkelblauem Samt, aber leer. Diese Leere mit einem weißen Blatt rührte ihn.

»Hast du denn nicht daran gedacht, sie aufzuheben?«

Inzwischen war er ganz sicher, daß er sie zu sehen bekäme. Und er hatte das Gefühl, eine Pflicht zu erfüllen.

Aber Masa, die keinen Vorwurf hören wollte, sagte: »Wir kommen noch früh genug daran! Wer denkt auch an so was? Am Morgen stehen wir zeitig auf; am Abend haben wir keine Lust, denn da sind wir todmüde.«

»*Ich* rücke die Kommode weg.«

Wenn es darum ging, sich Respekt zu verschaffen, war sogar er bereit zu arbeiten!

»Machen Sie mir keinen Kummer!«

Aber ihre Augen schauten nicht böse wie sonst: Es lag eine Sanftheit darin, wenn auch begleitet von Unruhe und Unsicherheit.

»Wieso?«

»Die Kommode ist schwer, und Sie könnten sich weh tun. Der Padrone würde dann mir die Schuld geben.«

Wenn sie von ihm sprach, kam es Pietro vor, als müsse er sich in den nächstbesten Winkel verkriechen.

»Hilf mir lieber!«

Um ein Haar hätten sie angefangen zu streiten; aber Masa machte sich daran, langsam und Stück für Stück, das Nippeszeug wegzuräumen: eine angestoßene Porzellanvase, in der wer weiß wie viele Blumen gestanden hatten; ein Wachsbild der heiligen Katharina unter einer Glasglocke; ein grünliches, kaputtes Stück Spiegel.

»Nur nicht so schnell.«

Pietro zog die wurmstichige Kommode zu sich heran; und da fiel die Photographie, die zwischen der Kommode und der Wand eingeklemmt war, herunter. Er hob sie auf; und ohne den Blick von ihr zu wenden, ging er zum Fenster, mit einer Angst, wie wenn der Blitz in der Nähe eingeschlagen hätte.

»Sehen Sie, wie schön sie geworden ist? Jetzt würde sie Ihnen wirklich gefallen!«

Pietro begriff mit einemmal, was das hieß: schön. Sein Herz fing an, rasch zu schlagen, mit einer süßen Glückseligkeit. Er gab keine Antwort, da er fühlte, daß seine Lippen zitterten.

Masa ließ ihn nicht aus den Augen, im ungewissen darüber, was er tun würde und was in ihm vorging; ihre Augenlider begannen aufgeregt zu flattern. Sie packte ihn am Arm und fragte: »Und was machen Sie jetzt damit?«

Sie fürchtete, er wolle die Photographie mitnehmen; aber Pietro hätte das nie gewagt, da es Ghìsola vielleicht nicht recht gewesen wäre. Mit veränderter Stimme erwiderte er: »Behalt sie hier, in ihrem Rahmen. Aber daß du sie mir ja nicht wieder herunterfallen läßt!«

Masa nickte zufrieden; und mit einem Lappen wischte sie die Spinnweben von der Wand. Pietro steckte die Photographie eigenhändig an ihren Platz und rückte die Kommode wieder zurecht.

»Heb auch den Brief auf.«

»Ehrlich gesagt, wenn sie sich uns gegenüber anständiger aufgeführt hätte ... würde ich sie noch lieber mögen.«

Auf eine jähe Bewegung Pietros hin, wie sie es noch nie bei ihm gesehen hatte, setzte sie hinzu: »Aber ich mag sie trotzdem.«

»Was hat sie euch denn getan? Ich möchte wissen, was sie euch schon hätte tun können! Das bildet ihr euch doch nur ein!«

»Darüber kann ich nicht reden: Das geht nur mich etwas an und sonst niemand.«

Es hatte Masa gekränkt, daß sie ihre Enkelin nach Hause schicken mußte! Sie biß sich rasch und mehrmals auf die Unterlippe.

»Verraten Sie nichts. Sagen Sie niemandem, auch Rebecca nicht, daß ich Ihnen das Bild gezeigt habe. Gehen Sie jetzt, und wehe, wenn irgend jemand was merkt!«

Pietro ging hinaus. Und plötzlich wurde ihm klar, daß er in Ghìsola verliebt war; und er fand das weder seltsam noch unangenehm. Ja, wenn er sich noch sicherer gewesen wäre, hätte er es sofort Masa gesagt. Und ihr dabei zu verstehen gegeben, daß es sich vor allem um einen sozialen Sühneakt handle, zu dessen Ausführung er sich bereitwillig selbst anbot. Warum sollte nicht auch Ghìsola reich sein?

Drei Tage später kam Pietro wieder nach Poggio a' Meli.

Auf dem sonnenbeschienenen Schuppen lag der leichte Schatten eines Birnbaumes: ganz reglos. Und doch kamen Pietro diese Schattenstreifen wie Fiebersignale vor und pulsierend wie seine Adern, wie kochendes Wasser.

Auf dem Dach des Vorbaus, das man ganz sehen konnte, weil es fast bis auf einen Meter über dem Boden herunterreichte, war in etwa zwei Metern Breite die Hauswurz gewachsen, eine Pflanze gleichsam in der anderen, mit ihren stachligen Blättern und einer Blüte, deren Stengel nicht die Kraft hatte, aufrecht zu stehen; die Strohhülle einer Flasche und zwei verrostete Sicheln lagen herum. Und Carlo hatte dort, damit es Sonne bekam, zwischen zwei Steinen ein Fläschchen Öl aufgestellt, in dem ein Skorpion eingelegt war; damit kurierte er seine Schnittwunden.

Pietro entdeckte ganz oben auf dem Dach einen von

der Sonne ausgebleichten Fetzen, der von den Regenschauern dort hinaufgetrieben worden war: das Stück eines Rocks von Ghìsola.

Er ging zu Masa und sagte: »Laß mich die Photographie noch einmal sehen.«

Er betrachtete sie rasch, an der Wand, damit die Alte es nicht übelnähme und es womöglich auch noch der Enkelin schriebe.

Der Monte Amiata, transparent wie aus Wasser, schien zerfließen zu wollen.

Pietro, zart und häufig krank, hatte in Domenico von jeher ein Gefühl der Abneigung geweckt: Jetzt, so mager und blaß, wie er war, erschien er ihm als völlig unbrauchbar fürs Geschäft – wie irgendein Trottel sonst!

Er legte den Finger an Pietros dünnen Hals, auf die durchschimmernden und zarten Adern; und Pietro senkte den Blick, als ob er dafür um Verzeihung bitten müßte, wie wegen einer Schuld. Aber diese Fügsamkeit, die sich seiner Gewalttätigkeit entzog, reizte Domenico noch mehr. Und es trieb ihn, den Sohn zu kränken.

Diese Bücher! Am liebsten hätte er sie mit dem Absatz zertreten! Wenn er sie in Pietros Händen sah, konnte er manchmal nicht mehr an sich halten und schlug sie ihm ins Gesicht.

Wer ein Buch schrieb, war ein Betrüger, dem er nicht auf Kredit zu essen gegeben hätte.

Und inzwischen hatte Pietro ihn drei Jahre lang das Schulgeld für die Realschule gekostet!

Wenn er ihn lange betrachtet hatte, den Blick auf ein Ohr oder auf den schwächlichen und bloßen Nacken geheftet, brach er in wildes Gestikulieren aus: biß sich auf die Unterlippe, warf das Messer auf den Tisch und aß nicht mehr weiter.

Pietro gab sich ruhig und unterwürfig; aber er gehorchte ihm nicht. Er hielt sich so wenig wie möglich zu Hause auf; und wenn er für die Schule Geld brauchte, wartete er, bis einer von den besonders angesehenen Gästen da war, vor dem Domenico nicht nein sagen konnte. Er hatte einen Modus gefunden, standzuhalten, indem er alles hinnahm, ohne aufzumucken. Und die Schule war für ihn in erster Linie ein Vorwand, nicht in der Trattoria sein zu müssen.

Da er in den Augen des Vaters eine spöttische Feindseligkeit entdeckte, versuchte er es gar nicht erst, um ein bißchen Zuneigung zu werben.

Aber wie hätte er sich ihm entziehen können? Es genügte ein etwas weniger verschüchterter Blick, und schon hatte er seine Faust vor der Nase, eine Faust, die imstande war, ein Faß hochzuhieven. Und wenn Pietro manchmal mit einem zittrigen Lächeln sagte: »Aber ich werde auch einmal so stark wie du!« dann schrie ihn Domenico an, mit einer Stimme, wie sie sonst keiner hatte: »Du?«

Und Pietro senkte den Kopf und schob ganz langsam diese Faust weg, mit Abscheu und mit Bewunderung.

Als Kind hatte ihn diese Stimme erschreckt, ihm weh getan; und damals verkroch er sich, ohne zu weinen, um allein gelassen zu werden. Jetzt weckte sie in ihm eine erbitterte Unzufriedenheit. Und überzeugt, daß man ihn nicht in dieser Weise leiden lassen dürfe, begeisterte er sich immer stärker für die Parolen von Vergeltung und Gerechtigkeit, wie er sie in gewissen Propagandaheftchen fand, die ihm sein Friseur lieh.

Er trat in die Sozialistische Partei ein und gründete

sogar eine Jugendgruppe. Zuerst heimlich, doch dann rühmte er sich dessen bei allen, die in die Trattoria kamen. Sein Ehrgeiz ging nun dahin, für eine Zeitschrift mit dem Titel *Klassenkampf*, die jede Woche erschien, Artikel zu schreiben. Und wenn die Polizei ihn verhaftet hätte, wäre es ihm nur recht gewesen. Er träumte von Prozessen, Martyrien, Zusammenkünften und auch von der Revolution. Wenn ein anderer ihn »Genosse« nannte, hätte er sich für ihn in Stücke hauen lassen, ohne einen Moment zu überlegen.

Domenico dagegen wurde immer mehr von der Arbeit und vom Gehöft aufgefressen; und es gab keinen, der ihm geholfen hätte!

In den Stunden drückender Hitze, wenn die Trattoria leer blieb, schliefen der Küchenjunge und der Koch, den Kopf auf den Fleischblock gelegt und die Schürze über sich gezogen wegen der Fliegen, die um die fettigen Abwaschlappen flogen; sie drängten sich um einen Tropfen Brühe auf dem Tisch; sie wimmelten auf den Fleischstücken herum. In dem großen kupfernen Kessel kochte es weiter vor sich hin; unterm Tisch hatte eine Katze etwas zu fressen gefunden. Ein nicht ganz zugedrehter Messinghahn tropfte unaufhörlich, mit einem leise zischenden Geräusch. Die beiden Bottiche warfen die hellen Reflexe ihres Wassers an die Wand, die von Zeit zu Zeit vom Schatten einer Fliege durchkreuzt wurden.

Wenn ein Gast kam, nahm der Kellner den obersten Teller vom Stoß, dann rief er dem Koch: »Schluß mit dem Schlafen!«

Der Schweiß unter dem Hemd erkaltete augenblicklich, und der Koch rieb sich ein Ohr, das schmerzte, weil es zwischen Arm und Kopf abgeknickt gewesen war.

Und die Trattoria fand wieder in ihr gewohntes Leben zurück.

Pietro verbrachte diese Mußestunden lesend, fast ohne zu bemerken, wie die Zeit verging. Wenn Domenico auf den Zehenspitzen hereinschlich, ertappte er ihn regelmäßig.

»Warum hast du kein Auge aufs Personal?«

Und die Vorwürfe fingen wieder an.

Einmal schrie er direkt in sein Ohr: »Komm mit, das Stroh wiegen.«

»Ich?«

»Ja, du!«

Und er packte ihn am Kragen und zog ihn hoch. Aber da er es eilig hatte, ging er schon voraus, zu den Strohverkäufern. Pietro rührte sich nicht vom Fleck, den Kopf gegen eine Mauerkante gelehnt; und er fühlte mit großem Widerwillen, wie ihn das Heulen ankam.

»Da kommt schon der nächste Karren, Padrone!« sagte einer der beiden Männer, die die erste Fuhre Stroh abgeladen hatten.

»Ein ganzer Schober voll!« brüllte der, der mit dem Seil half, ihn herzuziehen.

»Zehn Doppelzentner!« fügte Palloccola hinzu, der die Deichsel hielt.

Der Wirt lächelte über ihre Aufschneiderei. Er ging zu dem neuen Ballen hin, faßte ihn an und schnupperte daran. Dann schaute er den beiden Neuankömmlingen ins Gesicht, ohne etwas zu sagen.

Auf dem kleinen Platz vor der Küchentür hockten die beiden ersten auf dem Boden, mit dem Rücken gegen die Mauer, schwitzend vor Anstrengung, denn sie hatten ihre Bündel bereits abgeladen und zur Luke über dem Stall hinaufgezogen. Der Schweiß tropfte ihnen von der Stirn auf die Spitze ihrer verstaubten, ausgebeulten Schuhe.

»Wieviel wollt ihr?« fragte der Wirt, die Daumen in

den Westentaschen. Sein einer Handrücken war zerkratzt, weshalb er sich immer wieder das Blut absaugte.

»Wieviel zahlen Sie? Wir wollen auch essen«, antwortete Ceccaccio. Und Palloccola: »Diese geizigen Bauern wollen uns nichts mehr geben. Wir müssen uns halb zu Tode rackern.«

Sie waren von einem Gehöft zum anderen gezogen, und zwar immer während der Stunden, in denen gedroschen wurde, so daß sie, nur damit sie nicht länger im Weg stünden, von jedem Bauern eine Gabel Stroh bekommen hatten. Im übrigen verweigerten die Bauern das nie, weil sie fürchteten, es würde dann aus Rache eine weit größere Menge gestohlen.

Tatsächlich lebten diese Leute mehr vom Stehlen als vom Arbeiten; und sie hatten nie eine feste Tätigkeit.

Domenico legte sich, immer unter Preis, einen großen Strohvorrat an; das reichte dann bis zum nächsten Jahr für den Stall, der zur Trattoria gehörte.

»Wollt ihr nach Gewicht oder nach Augenmaß verkaufen?« fragte der Wirt und nahm die Hände aus den Taschen.

»Wie Sie möchten. Uns ist alles recht.«

Pipi und Nosse, die bereits handelseinig mit ihm geworden waren, riefen dazwischen: »Lassen Sie uns doch erst gehen. Zahlen Sie uns aus.«

Es waren zwei junge Männer. Pipi hatte einen übergroßen Kopf mit breiter Stirn. Seine blauen Augen blickten sanft, mit der Sanftheit eines Kindes. Nosse trug einen schwarzen Schnurrbart, und seine kleinen, quicklebendigen Augen sahen aus, als könnten sie zubeißen.

»Erst helft ihr, noch diese Ladung hochzuziehen.«

»Nur wenn wir was zu trinken kriegen!« sagte Pipi lachend; dann spuckte er gegen die Mauer.

»Ich hab' die Kehle voller Staub!« sekundierte Nosse.

Und er stand auf und lehnte sich gleich wieder an die Mauer.

Domenico versprach es mit einem Lächeln.

Er hatte die Fünfzig bereits hinter sich. Seine Hände waren bleich geworden: Man sah die rötlich-violetten Adern und die langen, schmalen Nägel, mit den Furchen darin.

Er rasierte sich den Bart, dessen Blond fast weiß geworden war, noch seltener. Seine Augen glänzten wie die Schalen von Austern; aber die Lider waren an den Rändern geschwollen, mit zwei purpurfarbenen Fäden. Die Haare waren dünner geworden, sosehr er sie auch mit einem Wasser eigener Erfindung, aus Wacholderbeeren, einrieb; die Koteletten an den Wangen sträubten sich gegen den Mund hin, um den ein Hauch von Gutmütigkeit lag.

Er war etwas krumm geworden, mit seinen breiten Schultern; aber er brüstete sich, noch genauso stark wie früher zu sein und über zwei Zentner zu wiegen. Seine Handgelenke und sein Hals kamen ihm gewissermaßen unbezwingbar vor; wie etwas, das er erhalten mußte, um sich dessen bei Bedarf zu bedienen.

Ceccaccio fragte: »Also nach Gewicht?«

Der Wirt sagte: »Das werden keine hundert Kilo sein.«

Ceccaccio brüllte: »Was reden Sie da? Anderthalb Doppelzentner!«

Und Palloccola fügte hinzu: »Wir sind ehrliche Leute!«

Und er fluchte. Doch sie liefen, um die Stricke aufzubinden, damit man das Stroh vom Karren nehmen konnte. Domenico trat dazu, packte den Ballen bei der Verschnürung und hob ihn hoch, mit den Knien nachhelfend.

»Ich zahl' euch vier Lire. Das ist mehr als genug.«

»Wir haben's gestohlen, nicht wahr, Ceccaccio?«

Alle lachten. Dann fluchten sie und schrien wild durcheinander.

»Zahlen Sie uns doch erst aus, damit wir gehen können.«

»Oh, wolltet ihr nicht noch was trinken?« fragte der Stallbursche verdrossen von der Luke herunter.

»Nein, nein. Wir sind müde. Wir können nicht mehr beim Hinaufziehen helfen.«

»Schau dir diese Muskeln an!« sagte Pipi, Domenicos Arm ergreifend, an dem das Hemd bis zum Ellbogen hochgekrempelt war.

Und Nosse rief: »Mit solchen Armen!«

Ceccaccio drängte: »Los, macht schon.«

Durch die halboffene Tür sah man auf die Straße. Ein junges Mädchen ging vorbei. Ceccaccio pfiff nach ihr.

Pipi sagte: »Mal sehen, ob sie herkommt.«

»Was ist?« fragte der Wirt. »Wird hier nur herumgeschwätzt?«

»Was sollen wir denn sonst machen?«

Und Ceccaccios Gefährte setzte sich auf das Stroh und schlang die Arme um die Knie.

»Und ihr, hattet ihr es nicht eben noch eilig?«

»Das stimmt. Zahlen Sie uns aus.«

»Hier habt ihr sechs Lire. Macht, daß ihr fortkommt!«

Pipi und Nosse schoben ihren Karren aus dem Hof.

»Und jetzt zu euch.«

»Also, wieviel wollen Sie uns zahlen?«

»Wiegen wir es.«

Die beiden nahmen eine Stange und hängten die Waage daran, an deren Haken sie die Schlaufe des Seils festmachten.

»Wiegen Sie gut, Padrone!«

»Und du drück nicht mit dem Knie drauf!«

»Ich? Schauen Sie: da geht noch ein Arm dazwischen.«

Und da er die Stange über den Schultern hatte, hob Palloccola die Hände über den Kopf, während sein Körper vor Anstrengung schwankte.

Das Stroh wog einen Doppelzentner. Sie einigten sich auf den Preis und machten es fest, um es mit dem Flaschenzug hochzuziehen.

»Tun Sie auch mit, Padrone?«

»Mehr als du, denn ich hab' die stärkeren Arme.«

Und alle umklammerten das Seil, das vom Flaschenzug herabhing. Domenico wickelte es sich ums Handgelenk. Als der Ballen anfing, in die Höhe zu gehen, ächzte der Balken des Flaschenzugs; und Staub und Halme fielen auf die Männer herunter. Der Stallbursche beugte sich mit ausgestrecktem Arm aus der Luke. Die Ziehenden gingen wie mit einem einzigen Atemzug in die Knie; und der Ballen schwebte über ihren Köpfen. Dann hatte ihn der Stallbursche gepackt, und er verschwand durch die Öffnung im Dunkeln.

»Geschafft!« sagte Ceccaccio und wischte sich um den Hals herum ab, wo die Halme hängengeblieben waren. Aber die Arme taten ihm weh, als hätte man sie ihm ausgerissen.

Der Wirt, dem ein Verdacht gekommen war, ging zu einem Haufen von kaputten Ziegeln und Schrott. Er sagte: »Da fehlt ein altes Schloß. Wer hat es genommen?«

Die beiden Strohverkäufer sahen sich an und fuhren fort, ihre Stricke aufzuwickeln.

»He, ihr Burschen, wer hat das Schloß genommen?« fragte Domenico noch einmal und wurde blaß.

»Ich bestimmt nicht«, erwiderte Ceccaccio ruhig.

»Ich sage nicht, daß du es warst. Ich sage, daß es weg ist.«

»Was sollten wir denn damit?« fragte Palloccola gereizt und gekränkt.

»Das wird Pipi genommen haben! Der handelt mit so was!« meinte Ceccaccio lachend.

»Ich weiß es nicht. Aber wenn ich es wüßte, wüßte ich auch, wie ich 's wiederkriege. Damit verdient man sich kein Lob.«

Die beiden Männer wurden unruhig, denn jeder fürchtete, der andere könnte der Dieb sein. Aber Palloccola rief: »Durchsuchen Sie uns doch!«

»Ich durchsuche niemand! Da habt ihr euer Geld. Aber das war das letzte Stroh, das ich von euch gekauft habe!«

»Wir wissen von nichts!«

Domenico kam zu der Einsicht, daß es unmöglich sei, den Schuldigen zu finden; und er glaubte, daß sie alle vier unter einer Decke steckten. Und nachdem er ihnen mit einer Handbewegung bedeutet hatte zu verschwinden, ging er in die Trattoria zurück. Er packte Pietro ein zweites Mal am Kragen und sagte: »Wenn du aufpassen würdest, wie ich es dir sage, würde man uns nicht das Zeug davontragen.«

Pietro hob die Schultern und dachte: »Sie haben gestohlen, weil sie arm sind.« Und er entfernte sich mit jenem Gefühl der Angst, das ihn jedesmal ergriff, wenn er glaubte, daß der Vater ihn verprügeln wolle. Tatsächlich machte Domenico Anstalten, sich auf ihn zu stürzen, aber Rosaura hielt ihn zurück.

Das Schloß war am Tag zuvor von einem fremden Bettler mitgenommen worden.

Am Abend schliefen die Männer – todmüde und nachdem sie in einem Kloster etwas zu essen bekommen hatten – betrunken in einer Kneipe; und Pipi mit seiner Frau.

Als Rosi Besitzer des *Pesce Azzurro* geworden war, hatte es nur einen einzigen Eingang gegeben, nämlich den in der Via dei Rossi, mit einem eisernen Wirtshausschild, das wie eine Fahne an der Mauer befestigt war und auf beiden Seiten das Bild eines Fisches zeigte. Über der Tür ein Madonnen-Relief aus dem 15. Jahrhundert. Das Lämpchen war immer noch daran, aber die Schnur, mit der man es herunterziehen konnte, fehlte.

Später wurden dann die beiden Türen auf der Via Cavour durchgebrochen. An der einen, gleich hinter der Scheibe, eine zweistöckige Vitrine, mit Papier ausgelegt, das jede Woche ausgewechselt wurde: In ihr präsentierten sich bereits gerupfte Hühner, gebratenes Fleisch und andere Köstlichkeiten.

Neben dem Eingang in der Via dei Rossi ein großes Tor, durch das man auf einen Innenhof kam, der immer vollgestellt war mit Kaleschen und allem möglichen Holz. Daneben der Stall, in dem bis zu dreißig Tiere Platz hatten. Über dem Stall die Scheune.

Jeden Samstag ließ Domenico das von den Gästen übriggelassene Brot als Almosen verteilen.

Die enge Via dei Rossi füllte sich dann an ihrem Beginn, wo der alte Zugang zur Trattoria lag, schon eine Stunde vorher mit Bettlern; unter ihnen auch die Frau von Pipi: jung, aber so ausgemergelt und gelb, daß ihr Mund wie ein Schlitz wirkte, ohne Lippen. Sie ging, als ob sie den Kopf nach keiner Seite neigen könnte. Oft sah man durch das flüchtig zugeknöpfte, schmutzige Kleid die flache Brust ohne Busen.

Auch ein altes Weib war da, mit einer großen, blauvioletten Nase, einen Bäuerinnenhut auf dem Kopf, dessen Strohflechten sich rundherum auflösten; jedesmal fehlte eine Reihe mehr. Sie beanspruchte regelmäßig das erste Almosen, und sie ging nicht weg, ehe das letzte Brotstück verteilt war. Manchmal schrie sie: »Die Alte da hat mehr bekommen als ich!«

Und sie knüpfte die Zipfel ihres Kopftuchs, voll von hartem Brot, wieder auf, wobei sie den Stock unter die Achsel klemmte.

Einer von den Bettlerinnen gab Domenico an drei Tagen in der Woche etwas: einer großen Frau mit brennendrotem Gesicht, wie eine dünne Maske, die man nicht abnehmen kann, eine Maske aus roter Haut. Sie trug sommers wie winters einen schwarzen Wollschal, der am Rücken zusammengebunden war. Die bleichen Hände hielt sie immer über der Brust gekreuzt. Ihre Tochter, groß und anmutig, wich nie von ihrer Seite, eine Hand immer unter ihrem Arm; sie war schwachsinnig und lächelte ständig, doch es war ein sanftes und leidenschaftliches Lächeln.

Sie gingen beide ganz eng an den Hausmauern entlang; mit langen Schritten, als ob sie fliehen wollten. Wenn sie die Straßenseite wechselten, beeilten sie sich noch mehr.

Aßen sie in irgendeinem Kloster eine Suppe, so wandte das Mädchen allen den Rücken zu; und wenn sie den Löffel vom Mund zurückzog, verfiel sie in ein stummes Gelächter.

Als die Mutter starb, kam sie ins Irrenhaus.

Dann gab es einen Blinden, der immer mit seinem Sohn schimpfte; er hatte eine verkrüppelte Hand, an der ein Finger fehlte: »Du bist ein elender Taugenichts. Wenn du dich bloß an die Mauer lehnst, wirst du kein Brot mehr für uns kriegen. Taugenichts! Taugenichts!«

Und er legte die Hand hinters Ohr, um herauszubekommen, wieviel noch da sei; und bei all dem klang seine Stimme genauso, wie wenn er Gebete hersagte.

Die übrigen Armen hatten sich alle zu Rosaura gedrängt, wie aufgescheuchte Hühner zu der Stelle, an der ein Maiskorn heruntergefallen ist.

Der Junge des Blinden hörte zu, während er mit den Fingern den Mörtel aus den Fugen zwischen den Ziegeln kratzte: Er zog es vor, der letzte zu sein, denn er wußte, daß Rosaura etwas für ihn aufheben würde, ohne daß er darum streiten mußte.

Alle Bettlerinnen musterten das Brot, das sie bekommen hatten; und manchmal legte eine ein zu hartes Stück in einen Mauerschlitz neben der Tür. Dann beugte sich Rosaura ganz hinaus und rief: »Schaut euch die an! Kommt zum Betteln, und nichts ist ihr gut genug!«

Und eine Frau antwortete, die Hände in die Hüften gestützt: »Wenn ich es gekriegt hätte, ich hätt' es gegessen!«

Eine andere lachte und biß in das Brot, nachdem sie es ein wenig zwischen den schmutzigen Händen gedreht hatte.

Plötzlich erhob sich aus dem leisen und unverständlichen Gemurmel ein Wortwechsel: »Die kommt her und bettelt um Brot, und dabei hat sie Geld, soviel sie will.«

»Was geht dich das an? Ich soll Geld haben? . . . Hören Sie nicht auf sie.«

Rosaura mischte sich ein: »Seid still, sonst bekommt ihr gar nichts mehr.«

Wieder eine andere Frau, das durch ein Ekzem entstellte Gesicht mit einem blauen Tuch umwickelt, das hinten am Kopf geknüpft war, antwortete: »Sie hat ganz recht. Ich hab' mich noch nie beklagt.«

Man sah nur ihre entzündeten Augen, wie Wunden,

die nicht offenbleiben konnten; und um schauen zu können, mußte sie den Kopf schräg nach oben drehen; beim Sprechen dagegen machte der Verband die Bewegungen des Mundes mit. Und was für einen Mund sie hatte!

Ein alter Mann, der fast immer erst kam, wenn alles verteilt war, versuchte durch seinen Bettlerton Mitleid zu erregen: »Um der Liebe Gottes willen ... auch für mich was!«

»Es ist nichts mehr da. Warum kommt Ihr nicht früher?«

»Meine Beine tragen mich nicht mehr!«

Und er stieß mit seinem Stock auf die Türschwelle. Rosaura ging, ohne ihm etwas zu geben, nachdem sie noch gesagt hatte: »Doch um jetzt herzukommen, tragen sie Euch!«

Danach wartete er noch lange Zeit, mit zornerfülltem Starrsinn: »Signora mia, lassen Sie mich nicht länger leiden!«

Er hatte sein ganzes Leben lang gearbeitet; und nun dachte er wie an etwas Herrliches daran, daß er, wenn er krank würde, ins Hospital gehen könnte, wo er den ganzen Tag auf dem Bett läge. Und gut zu essen bekäme!

Seine Frau war wenigstens jung gestorben und litt nicht mehr! Aber mit ihm war es so weit gekommen, daß er das Almosen geradezu als sein gutes Recht betrachtete, wie eine Treppe, auf die man sich setzen konnte, ohne daß einen jemand fortjagte.

DOMENICO HEIRATETE NICHT mehr, auch wenn er oft darüber nachdachte, wobei er sich mit den Nägeln heftig das unrasierte Kinn kratzte, die Haut an der

Kehle zusammendrückte und schließlich mit den Knöcheln gegen etwas klopfte, doch ohne sich weh zu tun. Nach jedem Wutanfall kündigte er es mit Vehemenz an. Und in dem Glauben, Pietro würde sich, damit keine Stiefmutter ins Haus käme, endlich ums Geschäft kümmern, sagte er: »Jetzt wär' die Reihe an dir! Aber du Dummkopf mußt den Sozialisten spielen! Schämst du dich nicht?«

Er kaufte sich jedes Jahr einen Hut, den er tagaus tagein trug, bis die Krempe, die sich auf die Ohren legte und sie etwas nach unten drückte, speckig war. Sein Hemd behielt er am liebsten mindestens zwei Wochen lang an; und er fluchte, wenn er sich dazu durchringen mußte, sich neue machen zu lassen. Das Verlangen, das einmal Erreichte zu wahren, trieb ihn auch zu nutzlosen Einsparungen, die er im übrigen allgemein kundtat; ja, in dem Wunsch, daß sie auch anerkannt würden, beteuerte er (und das stimmte): »Ich bin ein Ehrenmann: Ich hab' mir mein Geld mit eigenen Händen verdient; und ich will es behalten.«

In einem Holzkästchen bewahrte er, neben dem Kupfergeld, aus Aberglauben eine kleine Medaille auf, die er einmal gefunden hatte, als die Landarbeiter beim Umgraben waren. Wollte er sie genauer betrachten – was jedesmal der Fall war, wenn sie ihm in die Finger kam –, so setzte er die Brille auf.

Die kleine Medaille gefiel ihm, denn wenn er mit den Nägeln auf dem Metall herumkratzte, sah es wie neu aus. Sobald man ihm die Brille brachte, nach der er überall gesucht hatte, setzte er sich hin und putzte sie erst mit seinem roten, schmutzigen Taschentuch: »Ich kann nicht genau erkennen, was darauf ist!«

Und er ging hinaus, um seinen Fund begutachten zu lassen, zuerst vom Gewürzhändler, dann vom Kaufmann und schließlich vom Friseur; das waren seine engsten Freunde.

Aber natürlich wußten auch die nicht, was das für eine Medaille war.

Manchmal lehnte er, ohne Hut, an der Tür des Lokals; und er grüßte auch die Leute, die er kaum kannte.

Im Sommer ließ er sich einen Stuhl dorthin bringen und döste, bis einer der Passanten ihn mit einem Schlag auf den Schenkel weckte. Dann fuhr er hoch und sagte: »Ich war ein bißchen eingeschlafen.«

Und um den Schlaf abzuschütteln, ging er hinein und erteilte einige Anweisungen.

Im Lauf des Tages aß er sämtliche überreif gewordenen Früchte auf; und er sagte zum Koch, dem die schwarzen Haare fast bis zu den Brauen reichten: »Bring mir einen Topf her!«

Kaum hatte er gekostet, schob er den Koch am Arm weg: »Du hast zuwenig Pfeffer hineingetan. Wann wirst du endlich lernen, allein zu kochen?«

Der Getadelte war gekränkt und zog mit langsamer Bewegung eine Schulter hoch.

»Bring mir jetzt den nächsten Topf.«

Der Koch gehorchte und blieb dann, eine Hand auf dem Tisch, stehen, um dem Padrone zuzusehen.

Domenico wartete gar nicht, bis er den Bissen hinuntergeschluckt hatte, sondern schrie ihn an: »Du hast den Knoblauch verbrennen lassen!«

Er wischte sich den Schnurrbart mit der Serviette ab und schloß: »Entweder kann ich dich in der Küche nicht mehr allein lassen oder ich muß dich wegschicken. Es gibt keine rechten Männer mehr auf der Welt.«

Jeden Vormittag aß er von dem, was vom Tag zuvor auf dem Grund der Schüsseln in der Speisekammer übriggeblieben war.

Doch an Wein trank er fast eine ganze Flasche; und er rülpste über seinem Taschentuch zur Wand hin. Die würzigen Gerüche regten ihn an, machten ihn gesprächig; und außerhalb der Küche hatte er das Gefühl, seine Zeit zu vergeuden – es sei denn, er wäre in Poggio a' Meli.

Pietro war es gelungen, sich am Technischen Institut in Florenz einzuschreiben, nachdem er privat, fast ohne fremde Hilfe, in Siena den ersten Kurs durchgearbeitet hatte. Aber das bedeutete auch, daß das Band zwischen Vater und Sohn völlig zerriß. Immer mehr verhielten sie sich wie zwei Fremde, die gezwungen sind, miteinander zu leben. Domenico hatte es sogar aufgegeben, irgendeine Autorität auf ihn ausüben zu wollen: in dem Glauben, er könne so Gewissensbisse in Pietro wecken. Doch verzeihen würde er ihm nun nie mehr.

Etwa einen Monat lang brachte es Domenico fertig, die Sache von der scherzhaften Seite zu nehmen; und beide versuchten sich in Späßen, die dann manchmal in Streit umschlugen.

Pietro war immer noch Sozialist, aber er verkehrte weniger mit den Arbeitern. Er schämte sich, daß er schon zwanzig war und mit seiner Ausbildung noch so weit zurück: Das war es, was an ihm fraß.

In Florenz nahm er sich ein Zimmer in der Via Cimabue und aß in einer Trattoria in der Nähe.

Stundenlang saß er da, den Kopf zwischen den Händen, und bildete sich ein zu studieren: in einer bangen Unruhe, die von Unlust und Schwermut durchschnitten wurde wie von mit dem Lineal gezogenen Linien.

Er zwang sich, zufrieden zu sein und sich mit der Schule anzufreunden; aber die Tage schienen ihm so voneinander getrennt und ohne Zusammenhang, daß ihn Mutlosigkeit überkam. Schon einen Tag später war er nicht mehr in der Lage, sich an die Dinge des Vortags zu erinnern; und es bereitete ihm Schwierigkeit, an die folgenden Tage zu denken.

Und da er nicht einmal jetzt, wo er sich wirklich anstrengte, so vorankam, wie er es gern gewollt hätte, arbeitete er immer weniger!

Unter seinem Zimmerfenster lag die Mauer eines Nonnenklosters, in dessen Garten fast unmittelbar nach dem Mittagläuten etwa hundert kleine Mädchen stürzten, um zu singen und herumzutollen. Wie traurig, dieser Lärm! Außerdem haßte er die Nonnen!

Wenn die Kinder an die ihm am nächsten gelegene Hofecke kamen, lächelte er bitter, in der Hoffnung, daß sie ihn bemerken würden. Aber sie sahen ihn überhaupt nicht; und da ärgerte er sich auch über sie.

Von der Stadt dagegen vernahm er nicht das geringste Geräusch. Denn die Gartenmauer, im rechten Winkel zur Hauswand, war lang und endete an einem Gebäude, das so groß war, daß es ihm beinahe die ganze Piazza Beccaria verstellte; und auf beiden Seiten riegelten andere, wenn auch niedrigere Häuser fast im Halbkreis alles ab.

Er fühlte sich immer unbehaglich, ohne daß er wußte warum. Er schloß keine Freundschaften und litt darunter. Alles ödete ihn an. Und der Anblick der Kuppel von Santa Maria del Fiore – fast immer dunstverhangen am Ende der Via dei Servi – erweckte, wenn er nach fünf Minuten Sonne auf der Piazza dell'Annunziata wieder in die Schule hineinging, in ihm eine schmachtende Verzagtheit, die noch größer wurde, wenn irgendwo eine Glocke erklang.

Und unter den gedämpften, fernen Geräuschen des

Abends kam ihn die Lust an zu fliehen: als ob ihn die Luft hören könnte; jene durchsichtige Luft, die ihn beinahe einschüchterte und ängstigte.

Wenn er zum Abendessen ging, fing es an zu dunkeln. Unter den Bäumen der Piazza Beccaria leuchteten die Buden eines Zirkus mit ihren Acetylenlampen, während sich ein Karussell unermüdlich zur Musik seiner Drehorgel drehte.

Er sah in die Via Ghibellina und die Via dell'Agnolo, die so eng sind, daß ihre Häuser zusammenzuwachsen scheinen, während die Straßen auf der Seite der Barriera Aretina unmittelbar vor den Bäumen und dem freien Feld enden.

Wenn er die Wohnung betrat, traf er die Vermieterin an, wie sie mit anderen Frauen nähte; mit denen redete er nie.

Doch indessen wurden die Tage immer häufiger, an denen er der Schule überdrüssig war; ein Überdruß, der in ihm die gleiche Wirkung hervorrief wie eine unerklärliche Schuld.

Er dachte auch daran, daß nicht alle die Mittel hatten, eine höhere Schule zu besuchen.

Unter den Kameraden fühlte er sich als ein junger Mann, der bereits mehr, zu viel mehr, erlebt hatte als sie. Das war es, weshalb er sie gern und nicht ohne Sympathie Kinder nannte. Die Art, wie sie sich ihren Lehrern gegenüber verhielten, erweckte in ihm ein Gefühl des Mitleids. Aber es gelang ihm nicht, über das zu lachen, was sie amüsierte; vielmehr zeigte er sich nicht selten darüber verärgert und machte ihnen Vorhaltungen.

Am wohlsten fühlte er sich auf dem Bett, mit geschlossenen Augen.

Er merkte, daß er sich umsonst bemüht hatte, sich mit den Kameraden anzufreunden: Die Gleichgültigkeit, die er einigen gegenüber empfand, verwandelte sich in Ablehnung und Feindseligkeit; den anderen hatte er von vornherein Abneigung entgegengebracht, vor allem den Reicheren, die ihn nicht sonderlich schätzten, weil er Sozialist war. Die meisten hielten ihn für verrückt; aber fast alle konnten ihn leiden.

Schließlich ging er, überzeugt, daß er seinem Überdruß nachgeben müsse, überhaupt nicht mehr zur Schule; und zu den Kameraden, die sich darüber lustig machten, sagte er, sein Vater habe kein Geld mehr, um ihn in Florenz zu lassen.

Die letzten Tage hatte er, mit Beklemmung, aber auch mit Freude, immer stärker das Gefühl bekommen, anders als alle anderen zu sein; und er vermochte sich nicht zu erklären, wie sie für die Schule lernen konnten, ohne es ihm nachtun zu müssen. Und so hatte er es noch eiliger, fortzukommen.

Nach nur vier Monaten Schule fuhr er, anstatt der Vermieterin von dem Geld, das ihm sein Vater geschickt hatte, im voraus die neue Monatsmiete zu bezahlen, nach Siena zurück, ohne es angekündigt zu haben.

Er wurde empfangen, als hätte er, wenn auch ein bißchen spät, endlich Vernunft angenommen. Und er wagte nicht zu sagen, daß er allein weiterstudieren und die Prüfungen trotzdem ablegen wolle. Doch als er durch Zufall, aus einem Brief, den Rebecca erhalten hatte, erfuhr, daß Ghìsola schon seit langer Zeit in Florenz und nicht mehr in Radda lebte, gab er sein Zögern auf.

Domenico, der sich seinerseits gleich zuviel erhofft hatte, indem er die spontane Rückkehr nach Siena auf eine von Gott bewirkte Einsicht zurückführte, versuchte sich zusammenzunehmen; und er fragte ihn:

»Warum bist du lieber in der Fremde als bei mir, der ich dein Vater bin? Gott muß dir das Herz anrühren. Spürst du das denn nicht?«

Doch da er sah, daß er sich nicht einmal jetzt Gehorsam verschaffen konnte, überließ er Pietro noch mehr sich selbst, überzeugt, daß die Zeit ihm helfen würde.

Und Pietro warf sich – aus schlechtem Gewissen und um sich im Recht zu fühlen, das Gegenteil von dem zu tun, was der Vater wollte – nun mit einer bisher nicht gekannten Befriedigung auf das Studium.

Die drei Jahre Realschule, die auf das Seminar gefolgt waren, hatten alles verändert: Er fühlte sich wirklich als ein anderer und im Begriff, sich noch weiter zu ändern.

Sein Sozialismus wurde, wie er sagte und wie es der Mode entsprach, intellektuell. Er hatte nicht mehr den Glauben, mit dem er einmal die anderen bekehren wollte; doch er wandte die sozialistische Moral auf seine eigenen Gefühle an.

Jetzt kam es ihm vor, als seien diese drei Jahre verflogen wie ein einziger Tag; als ob nichts von ihnen geblieben wäre, auch geistig nicht; als ob sie ihm kaum Zeit zum Atmen gelassen hätten.

Die Prüfungen wurden, auch gegen den guten Willen, den er doch haben wollte, immer mehr zu einem Vorwand; und dieser erschien ihm weder zulässig noch redlich. Doch seine Ungeduld, Ghìsola wiederzusehen, wuchs; denn in Ghìsola setzte er alles Vertrauen seines Lebens.

Er blieb ganze Tage allein in der Wohnung und starrte, das Gesicht gegen die Scheiben gerichtet, auf das schmale Viereck aus Blau zwischen den Dächern. Dieses dumme, so ferne Blau machte ihn beinahe wütend; doch er wandte den Blick nicht davon ab. Die Schwalben, die von hier aus schwarz wirkten, flogen vorbei, als ob man sie geschleudert hätte. Nur ganz oben, an den letzten Fenstern, war jemand zu sehen, jemand, den er nicht einmal kannte! Und da fühlte er die Leere dieser Einsamkeit in einem der ältesten Palazzi von Siena, ganz unbewohnt, mit dem abgeschnittenen Turm über dem düsteren Bogen der Via dei Rossi; inmitten der dunklen und verlassenen Häuser, eines eng ans andere gedrängt; mit gemeißelten Wappen, die keiner mehr kannte, von erloschenen Familien; Häuser mit zwei Meter dicken Mauern, mit riesigen Gewölben, die Räume fast ohne Luft. Die Spinnweben groß wie Fetzen, und auf den stets geschlossenen Fenstern und den vorspringenden Gesimsen der Staub.

Manchmal dachte er ganz unvermittelt an Florenz und an Ghìsola, die vielleicht auf ihn wartete und ihm Vorwürfe machte, die ihn erregten; an den rauschenden Arno; an die allzeit schönen Hügel; an die Nebel, die die Mauern mit Nässe bedecken und das Pflaster der Straßen schwärzen, das wie Flickwerk aussieht.

Wenn der Vater sprach, weckte das in ihm eine neidvolle Melancholie. Und Pietro ging weg, um ihn nicht hören, um ihn nicht sehen zu müssen, mit einem Schauder.

Warum fand keiner das richtige Wort für ihn? Warum behandelten sie ihn auch jetzt noch, als sei er nur geduldet? Warum vergeblich versuchen, wie die anderen zu sein? Und wie waren die anderen?

Er dachte wieder an die Kameraden aus Florenz, an jeden einzelnen. Und daß sie sich an ihn vielleicht gar nicht mehr erinnerten.

Wie lange schon war die Mutter tot? Ihm kam es vor wie hundert Jahre. Und alles war geschehen, ohne daß es seiner bedurft hätte, ohne sein Wissen.

Seine Augen, in denen eine mystische Sanftheit lag,

standen im Gegensatz zu dem mageren Gesicht mit den fliehenden Linien; ein Unterschied, der sofort auffiel.

Es überkamen ihn jene vagen Stimmungen, quälend und hartnäckig, ohne Namen und ohne Ziel, die, auch wenn sie vorbei sind, eine Spur hinterlassen, wie Wasser, das über den Sand geflossen ist.

Nachdem er sich seinen Freunden in Siena so lange unterlegen geglaubt hatte, erkannte er jetzt den bitteren Irrtum; einen Irrtum, der in einer Art unfruchtbarer Sühne auch Konsequenzen für die Zukunft haben konnte.

Doch warum hatte er einmal gehofft, Maler werden zu können? Welche Bedeutung hatte dieser nutzlose Versuch für seine Selbstachtung? Konnte er einfach darüber hinweggehen und weiter an sich glauben?

Er tröstete sich, indem er von einer neuen und ungewöhnlichen Existenz träumte. Aber wann? Manchmal kam sie ihm wieder abhanden; und es gelang ihm nicht einmal mehr zu begreifen, wie er sie sich erträumt hatte.

Sosehr er auch zu fanatischer Aufrichtigkeit neigte, niemand hätte das wahrnehmen können. Er fühlte, daß er für die, die seine Freunde gewesen waren, ehe er nach Florenz ging, nicht mehr der alte war. Am liebsten hätte er dafür um Verzeihung gebeten, daß er keine Freundschaft mehr für sie empfand; doch andererseits schämte er sich und bereute es, allzu aufrichtig und offenherzig gewesen zu sein. Seine moralischen Unterwerfungen, die die anderen ausgenützt hatten, standen ihm wieder vor Augen. In Siena hatte er auch noch mit den größten Dummköpfen und den größten Gaunern befreundet sein wollen und sich mit ihnen auf eine Stufe gestellt; als ob es seine Pflicht gewesen wäre, so daß er sich schon für schlecht hielt, wenn er allein, ohne einen von ihnen, spazierenging. Aber seit er aus Florenz zurück war, hatte er es fertiggebracht, mit keinem mehr zu reden, in dem erbitterten Verlangen, sie nicht mehr zu sehen!

Er war der Typ des jungen Mannes, der, obgleich schwach, Anfälle von Energie zeigt – auch wenn er irrt.

Oftmals empfand er im Traum, wie seine Gefühle sich entfalten müßten; und er wachte dann beinahe zufrieden auf, als ob eine höhere und unbestimmbare Existenz ihm recht gegeben hätte.

Und mit welch übergroßer Freude wartete er auf den Tag der Begegnung mit der, die bereits sein ganzes Sein durcheinanderbrachte!

Er wußte nicht, welche Worte er ihr sagen würde, wenngleich er sie sich leuchtend von Güte vorstellte; und manchmal ertappte er sich dabei, daß er sich Worte ohne Bedeutung ausdachte, die ihm Mund und Seele forttrugen! Unbesonnene Worte, die sich nicht wieder zurückziehen lassen, wie Messer, mit denen man, voll Wut, zu heftig zugestoßen hat. Worte, die das Sein leeren, mit geradezu frenetischer Freude: auf die verrückte Ängste folgen, stürmische Tage, Regenschauer, warm und trokken, trockener noch als die Dürre, die sie tränken sollten.

Manchmal hatte er Lust, sich umbringen zu lassen; vielleicht von Ghìsola, die er bereits als die Seine empfand: zu ihm zurückgekehrt wie eine köstliche Versuchung aus vergangener Zeit.

Toppa war an Altersschwäche eingegangen. Man fand ihn an einem Februarmorgen unter dem Karren, auf der Tenne. Der Frost hatte ihn fast an die Ziegelsteine geklebt; und als ihm Carlo die Schaufel, mit der er ihn unter einem Olivenbaum eingraben sollte, gegen den Bauch schlug, dröhnte es wie eine Trommel; und man mußte lachen.

Toppa war nach der Kastrierung ziemlich böse geworden: Wenn er nicht angefaßt werden wollte, wich er zunächst zurück; aber dann, wenn man ihn nicht in Ruhe ließ, sprang er zähnefletschend vor. Er war ein Bastard und einen halben Meter hoch. Er hatte dieses weiße Fell, das um die Haut herum gelblich wird, und einen schwarzen Fleck auf dem einen Ohr; deshalb hatten sie ihn auch Toppa, Fleck, genannt.

Als Welpe, sobald er nicht mehr bei der Mutter trank, hatte Domenico ihn am Ziehbrunnen festgebunden, und wenn er jaulte, waren die Landarbeiter gehalten, ihm Fußtritte zu versetzen.

Später kaufte er ihm ein Halsband mit Messingnägeln; ein Halsband, das man ihm nur abnahm, wenn er geschoren wurde.

Toppa hörte das Glöckchen von Domenicos Pferd schon, wenn es noch bei den Häusern vor der Porta Camollia war. Dann sprang er auf die Straße und fing an zu bellen. Wenn das Pferd dann an einer Kehre unweit des Gutstores auftauchte, rannte er wie wild hin und her. Die Leute wichen zur Seite; aber es war immer wieder passiert, daß er ein Kind umstieß, das sich nicht rechtzeitig in Sicherheit gebracht hatte.

Wenn er gefressen hatte, lief er dagegen über die Felder und hinterließ überall seine Spuren: Besonders wo das Getreide hoch stand, blieb eine Furche, die man schon von weitem sah. Wenn gesät wurde, mußten sie ihn mit Steinen verjagen, denn wo er drübersprang, konnte man wieder von vorn anfangen. Ihm schmeckten die reifen Trauben und noch mehr die Feigen.

Toppa gehorchte nur Domenico und Giacco; vor den anderen hatte er allenfalls Angst, wenn ihn nicht gerade die Lust ankam zu beißen, wie er es einmal bei Ghìsola gemacht hatte, als sie sich rittlings auf ihn setzte.

Es gab keinen Hund, der es mit ihm aufnehmen

konnte; und mehr als einer kam zu Tode, weil er ihm das Rückgrat durchgebissen hatte. Zwei zerfetzte er, weil sie die Suppe aus seinem Napf fressen wollten.

Dagegen duldete er die Katzen, solange sie ihm nicht zu nahe kamen. Nur wenn er in der Sonne lag, wollte er ganz und gar nichts von ihnen wissen: Er hielt dann abwechselnd ein Auge geschlossen und das andere geöffnet; und plötzlich machte er einen Satz, unter ohrenbetäubendem Gebell.

Er hatte nie Lust gehabt zu spielen, nicht einmal als Welpe. Und sein Verhalten richtete sich ganz danach, wer sich ihm näherte: Er irrte sich nicht. Nie hätte er Pietro gehorcht oder ihm geschmeichelt.

Sie hatten Rosi benachrichtigt, der sich daran erinnerte, daß er seinerzeit nur zwei Lire für ihn bezahlt hatte, und befahl, das Halsband aufzuheben. Als sie den Hund danach begruben, weinte Giacco. Auch er fühlte sich alt; und während er das tote Tier betrachtete, sagte er zu den anderen: »Mit uns wird's noch das gleiche Ende nehmen.«

Enrico erwiderte: »Länger wär' es sowieso nicht mehr gegangen. Was sollen die Alten noch auf der Welt?«

Und er schaute zu Carlo hinüber, der lachte.

Aber Giacco warf die Schaufel hin und schrie: »Ich leb' länger als du, das laß dir gesagt sein! Siehst du das arme Tier da? Das hatte ein besseres Herz als du!«

»Ich hab' doch nicht dich gemeint.«

»Und wen sonst? Mein Hirn hat zwar nachgelassen, aber ich bin immer noch bei Verstand...«

Nun fing Carlo an zu fluchen und über den Hund herzuziehen: »Hätte der nicht weiterleben können? Dann müßten wir uns jetzt nicht mit dem Loch abplagen; und Streit hätten wir auch nicht. Als ob man sich wegen eines toten Viehs beleidigen müßte!«

Er tat so, als sei er wütend; doch im Grunde freute es ihn, Giacco mit so bleichem Gesicht dastehen zu sehen, ohne daß man ihm die Schuld daran geben konnte. Und Giacco schaute den Hund an und gab acht, daß die anderen nicht auf ihn traten, aus Unachtsamkeit oder aus Bosheit.

Masa, die gekommen war, um zuzuschauen, wie sie ihn verscharrten, blieb ein wenig abseits der Grube stehen; und sie aß unentwegt weiter, obwohl sie aufgeregt war. Als die Männer fertig waren, schlug sie sich mit der Faust auf den Bauch und sagte: »Wenn ich jetzt nicht bald aufhöre, verrenk' ich mir noch den Darm im Bauch.«

Giacco hob den Kopf und sah sie an: »Das soll wohl zum Lachen sein! Geh lieber und tu deine Arbeit. Du würdest doch eher krepieren als aufhören. Merkst du denn nicht, daß du mich rasend machst?«

Masa steckte ihr Brot in die Tasche und antwortete: »Du bist ein alter Grobian! Das weiß Gott!«

Sie seufzte; und während sie vor den anderen herging, murmelte sie: »Da hilft nur Geduld!«

Sie wußte nicht, was man zu ihrem Mann gesagt hatte.

Domenico hatte Ghìsola in kluger Voraussicht von Poggio a' Meli weggeschickt; er erkannte ihr leichtfertiges Wesen und wollte keine Scherereien.

Mit zwölf Jahren war sie nach Poggio a' Meli gekommen, und mit siebzehn kehrte sie nach Radda zurück.

Die übrigen Verwandten kannte sie meist nur dem Namen nach, und ihre beiden Schwestern, die, weil sie nicht zusammen aufgewachsen waren, nicht sonderlich an ihr hingen, hatte sie nie mehr gesehen. Aber sie holten sie von der Kutsche ab und zogen dafür eigens die neuen Schuhe an und legten ihre Sonntagstücher um.

Ghìsola brachte ihnen zwei Ringe aus falschem Gold mit. Die Schwestern küßten sie, und dann waren alle beide verlegen. Sie wußten nicht, ob sie sie in die Mitte nehmen sollten; und beim Gehen wechselten sie immer wieder die Plätze. Ja, die Jüngere blieb absichtlich zurück; und als Ghìsola sie an ihre Seite rief, ging sie statt dessen auf dem Wiesenrain neben der Straße. Und jedesmal, wenn Ghìsola sich zu ihr wandte, senkte sie den Kopf, weil sie nicht zeigen wollte, daß sie sie ansah. Auch die ältere Schwester redete wenig, eigentlich sagte sie gar nichts.

Als sie zu Hause ankamen, wo die Eltern warteten, fing Ghìsola zu weinen an. Aber dann hielten sie ein schönes Mittagsmahl, mit einem gebratenen Kaninchen und zwei Hühnern im Topf (Hühnern, die eigentlich noch nicht hätten ihr Leben lassen sollen, denn sie hatten dicke und volle Eierstöcke). Das Brot war erst am Morgen aus dem Ofen gekommen.

Borio di Sandro, ein Witwer, der mit der Familie befreundet war und auch mit Geld aushalf, hatte eine Flasche von seinem guten Wein mitgebracht. Und an diesem ersten Tag versetzte ein leichter Rausch alle in Harmonie.

Doch Ghìsola zeigte keine Neigung, sich so abzurakkern wie ihre Schwestern, die unter sich vom »feinen Dämchen« sprachen. Sie wollte auch nicht mit ihnen zusammensein; und wann immer es ihr möglich war, ging sie allein aufs Feld. Die Schwestern hatten nichts gegen sie, aber sie fand immer einen Weg, jedes Gespräch, das die beiden mit ihr anfangen wollten, sofort abzubrechen. Auch zur Messe ging sie allein – und dachte dabei an Poggio a' Meli. Schon nach Radda zurückkehren zu müssen, war schlimm für sie gewesen; und nur Borio verstand das. Sie sagte ihm immer, daß sie auf keinen Fall dableiben würde, und wenn sie sich umbringen müßte!

Etwa ein Jahr danach hatte er sie am Abend eines besonderen Feiertags zur Prozession ins Dorf hinaufbegleitet.

Es war eine jener Prozessionen, bei denen die Bauern aus der Umgebung paarweise hinter einem kleinen Kreuz hergingen, die Hüte in der Hand. Danach kamen die Mädchen, alle zusammen, singend, wobei sie die aufgeschlagenen Bücher mit beiden Händen hielten, den Kopf immer gesenkt, wie wenn man gegen einen heftigen Wind ankämpft. Dann wieder ein Kreuz, groß und schwarz, staubig, mit einer Dornenkrone und den herabhängenden Schnüren der Geißeln. Hinter ihm der Priester.

Der Witwer begleitete Ghìsola nach Hause, die sich noch mit keinem jungen Mann hatte einlassen wollen, weil sie sich etwas Besseres dünkte als alle anderen.

Sie gingen einen steilen, immer dunkleren Weg hinunter, der aus dem Dorf hinausführte, begleitet von Reihen dichter Zypressen und schließlich in die Felder mündend. Auf halbem Weg schlugen sie, auf einer mit hohen Eichen bestandenen Kuppe angelangt, einen abschüssigen Pfad ein.

Ghìsola, der Borio gut gefiel, ging einen Schritt voraus, ein wenig traurig, wie es oft nach der ungewohnten und fast unfreiwilligen Lustigkeit eines Festes der Fall ist.

»Warum sieht sie mich nicht mehr an?« Borio warf die Zigarre weg, die ihm jetzt nicht mehr schmeckte und seine Verwirrung noch steigerte. Sie waren allein! Alle anderen waren weiß Gott wohin verschwunden! Zwar hörte er manchmal, noch vor ihr, das Geräusch von Schritten, aber dann entfernte es sich wieder.

Es sah aus, als wollte Ghìsola sich immer kleiner machen, während sie so dahinging, fast ohne etwas zu sehen; und ohne Borio, dem sie so nah war, daß sie ihn atmen hörte, wäre sie in einem Graben gelandet.

Hin und wieder stolperte sie; ihre Beine erschienen ihr steif und so lang, daß sie bei jedem Schritt eine Erschütterung spürte. Und sie wollte stehenbleiben. Sie glaubte, sie hätte zuviel getrunken; und sie hatte das Gefühl, ihr Kopf würde weggetragen. Ohne es zu merken, seufzte sie beim Atemholen, wobei sich ihr Magen lange hob.

Die Dunkelheit mit dem zittrigen Mond hinter einem Wolkenschleier erfüllte alles mit leichten, durchsichtigen Schatten. Da nahm er ihre Hand, und sie ließ es geschehen: Ihm schien, als sei Ghìsola zu einem schwachen, irgendwie absonderlichen Wesen geworden. Aber er begriff. Er küßte sie; und sie rückte, erschreckt zusammenfahrend, von ihm ab. Er küßte sie noch einmal und starrte danach auf ihren Nacken und auf die Furche ihres Rückens zwischen den Schulterblättern. Aber vielleicht würde es ihm nicht gelingen, sie noch einmal zu küssen! Und da sie sich nicht umwandte, umschlang er ihre Taille.

Sie sagte nichts! Sie fürchtete sich ebensosehr vor dem Reden wie vor den Schatten der Zypressen, die unvermittelt, gleich hinter dem Dorf, die Straße zu überqueren schienen und, als seien sie lebendig, auf der entgegengesetzten Seite, der Mauer entlang, die sie mit ihren Spitzen überragten, wieder hinaufstiegen.

Mit einemmal setzte sich Ghìsola auf einen Stein am Weg, das Gesicht mit dem Tuch verbergend, das ihr von den Haaren gerutscht war; und auf ihm die Hände: Hände wie aus Eisen, wie die Zinken einer Heugabel.

Borio, der mit ihr reden wollte, obwohl er nicht wußte wie, mußte sich ganz hinunterbeugen. Er hatte nicht mehr das Gefühl, dieselbe Ghìsola vor sich zu haben, die er so lange kannte und mit der er eben noch zusammengewesen war. Sie preßte ihre Beine aneinander, so fest, daß sie aussahen wie ein nach oben gekehrter Pflug.

Nun konnte Borio, nach einem stillen Kampf mit den Händen – und obgleich er schon Gewissensbisse spürte –, ohne einen Unterton von Wollust sagen: »Komm doch ... komm ...«

Ihre verschwitzten Finger entglitten einander; er hatte Lust, die ihren zu verbiegen: Sie sahen sich an, wie wenn man dabei ist, einen Streit anzufangen – denn inzwischen war es nicht mehr möglich aufzuhören.

Sie nahm die Beine auseinander. Danach weinte sie.

Borio, der älter war, flößte ihr auch einen gewissen Respekt ein. Er hatte einen großen Kopf, mit einem Höcker, das Gesicht glatt rasiert; die Haare, so kurz geschnitten, daß sie aufrecht standen, zogen sich bis über die Schläfen hinunter; die Augenbrauen, wie lange schwarze Borsten, waren über der Nase zusammengewachsen.

Ghìsola ging von sich aus am nächsten Tag zu ihm, um ihn wiederzusehen; und sie fing an, etwas für ihn zu empfinden.

Ihre Augen wirkten jetzt immer sanft, und die Haare weicher über der zu niedrigen Stirn.

Borio war ganz von ihr gefangengenommen, und er hätte sie geheiratet. Doch auch sein Verwalter hatte Ghìsola besessen. Und nun redeten beide, aus Eifersucht, bei allen Leuten schlecht über sie. Daraufhin ließen ihr viele der jungen Burschen, die sie abgewiesen hatte, keinen Frieden mehr.

Sie stellten ihr auf dem Feld nach, unter den Feigen- und den Pfirsichbäumen; sie lauerten ihr auf, wenn sie durch die Wacholderbüsche heimging. Sie mußte sich mit Klauen und Zähnen wehren, und rannte weinend nach Hause. Und dann kam sie das Lachen an; und sie wartete darauf, daß die Verehrer sich unter ihrem Fenster einstellten. Der eine oder andere versuchte sogar, an der Mauer hinaufzuklettern. Schließlich warfen sie Steine gegen die Tür.

Der Verwalter wollte ihnen, wie den Kaninchen, ein paar Ladungen Schrot verpassen.

Aber Ghìsola, die nicht alle Tage mit den Ihren Streit bekommen und überhaupt unabhängiger sein wollte, nahm eine Stelle bei einer Dame in Castellina an, einer Ortschaft wenige Kilometer von Radda entfernt.

NACHDEM DIE STRASSE von Siena bis zu einem kleinen Gießbach, an dem eine Mühle steht, hinuntergeführt hat, steigt sie zwischen Hügeln, die sich gleichsam winden oder kauern, wieder an; Hügel, die einander ganz ähnlich sind und von der gleichen Sanftheit, mit den Rebzeilen zwischen den mörtellos gefügten Mäuerchen, mit den Weingütern hinter den Zypressen, mit ein paar Glockentürmen, so fern, daß man sie nach der nächsten Kurve schon nicht mehr sieht. Und je höher sich die Straße hinaufwindet, sich gleichsam ungeduldig mit ihrer Länge abquälend, desto stiller wird es, und die Landschaft karger und einsamer.

Es gibt Anhöhen mit weiten Kuppen, wie zugepflastert von Steinen und Gestrüpp; hie und da ein Kreuz, aus den Pfählen der Rebstöcke, manchmal auch umgerissen am Rain einer Abkürzung für die Bauern und für das Vieh.

Eichenwälder, aber licht; und zwischen dem Laub sieht man das Auf und Ab weiterer Hügel, steile Abstürze, die in wellige Wiesen übergehen, in Terrassen aus rötlicher Erde, in Hänge.

Hinter Fonterutoli, einem Dorf wie ein Winkel aus Häusern, mit vier Läden, wird die Straße ganz steil; und sie kommt hier höher hinauf als anderswo.

Manchmal erscheint ein Stück Wald, breit hingelagert, und ein Vogel fliegt darüber; aus einem alten und rostigen Brunnenrohr, dem einzigen, das es an dieser Straße gibt, ergießt sich das Wasser in einen großen Trog.

Die Stille dieser Wälder, die langen Stunden hindurch! Sie gleicht jener der Steine, die von den Baumwurzeln umklammert werden. Doch wenn der Wind bläst, von dort, wo die ferneren Berge fast durchsichtig scheinen, jagen einem die Verrenkungen der Wipfel mit ihrem Schlagen und Pfeifen Angst ein: Jeder Laubzweig, der sich zusammengezogen hat, indem er seine Blätter aneinanderpreßte, löst, wenn er sich wieder öffnet, im ganzen Wald ein Zittern aus, dessen allmähliches Abklingen begleitet wird von einem Ton, der von einem Punkt zum anderen springt, zart und melodiös. Äste brechen ab, Blätter klatschen auf die Karststeine, Vögel fliegen hin und her, wie vom Wind getragen.

Beim Gewitter biegen sich alle Eichen miteinander, wie in einer Anstrengung, um sich zu ducken. Die Wolken bleiben darüber stehen, als wollten sie zuschauen; und es scheint, daß nicht einmal der Wind sie fortzutreiben vermöchte.

Manchmal stehen die Eichen auch reglos, und dann ziehen die Wolken darüber hin.

Hinter dem Dorf macht die ansteigende Straße eine Kehre, wie eine weiße Scheibe zwischen zwei kleinen grünen Flächen; darauf stürzt sie sich, plötzlich und gerade, über einen Kilometer weit hinunter, eingeschnitten zwischen die Felsblöcke: Und dann hat man Castellina vor sich.

Und von diesem Punkt aus ziehen sich rechts weitere Erhebungen hin, nur wenig höher. Links dagegen werden sie immer niedriger, bis zu der Ebene des Elsa-Tals mit seinen Dörfern, die wie kleine Steinhaufen daliegen; dann beginnen die Berge von Montagnola und Montemaggio, und hinter diesen erstrecken sich weitere Bergketten, die von dort oben aus kaum von den Wolken in der Ferne zu unterscheiden sind.

Fast immer trifft man auf eine Herde Schafe, die über die baumlosen Flächen ziehen und dann auf der anderen Seite wieder im Wald verschwinden. Oder sie trappeln einen Weg hinunter, eins hinter dem anderen, als ob sie kopfüber hinabstürzen wollten und das Gewicht des ersten alle anderen nachzöge.

Und die vielen rotgestrichenen Ochsenkarren, auf denen die Bauern meistens hocken, um es bequemer zu haben.

Ab und zu kam ein Automobil – eines von den allerersten – durch den Ort; und wer flink genug war, erschien noch rechtzeitig am Fenster oder vor der Tür, um mit Erstaunen zu sehen, wie es einfach an ihnen vorbeifuhr, als ob sie gar nicht da wären; dann warfen sie sich den üblichen Blick zu und kehrten zu ihrer Arbeit zurück. Was für eine Eile!

Die Frauen, deren Kinder fast mitten auf der Straße spielten, schimpften laut hinterher.

Einer jener alten, reich gewordenen Gutsverwalter,

der sich enger an die Hauswand gedrückt hatte, als es nötig gewesen wäre, machte sich bei seinen Freunden Luft; er saß auf einem Hocker, den Stock aus geschältem Holz zwischen den Beinen, mit dem krummen Rücken gegen die Schnüre, die Peitschen, die Seile gelehnt, die vor dem Laden hingen, in dem auch Schwefel, Bürsten und Schuhnägel verkauft wurden.

Er saß dort an die zwei Stunden, immer wieder nach der gleichen Seite ausspuckend; von einem Kind ließ er sich eine Zigarre holen, um nicht aufstehen zu müssen.

»Die gehören doch ins Gefängnis, ist es nicht so? Zu unserer Zeit hat es solche Verrücktheiten nicht gegeben.«

Und er lachte und riß den Mund dabei so weit auf, daß man die ganze Furche der spitzen Zunge sah, einer wie mit dem Messer angespitzten Zunge.

Mittags, als die Sonne so heiß brannte, daß alles endgültig in Stille versank, wartete er mit der Uhr in der Hand auf das Zwölfuhrläuten: »Wie spät hast du es?«

Die Glocken bewegten sich; alle standen auf, wie überrascht: fast als sollten auch die Mauern ihren Platz wechseln. Die Läden schlossen im Nu. Und wer außerhalb des Ortes wohnte, machte sich auf den Weg zum Essen, aber immer wieder in der Sonne stehenbleibend, wie die Hunde, die allen zuwedelten.

Die obere Hälfte des Turms lag im Licht, gleich einer Flamme, die sich verzehren muß.

Als die Glocken schwiegen, hörte man noch eine in der Ferne, verloren zwischen den Gehölzen, die allein weitersang. Ihr Klang vermischte sich mit dem Geläut der Herden.

Ein Mädchen, das aus einem Nachbarort kommt, den jeder kennt, trifft immer auf all die Vorurteile, die Sympathien wie die Feindseligkeiten, die mit diesem

Ort verknüpft sind. Bei Ghìsola kamen dazu noch viele Gerüchte; und die reizten zum Lachen.

Der Pfarrer, sicherlich von dem aus Radda gewarnt, machte der Dame, die Ghìsola in Dienst genommen hatte, Vorwürfe. Das junge Mädchen fühlte, daß es in ihm einen fanatischen Verfolger gefunden hatte: Das merkte man schon an seinem veränderten, bleichen Gesicht, wenn er sie ansah, mit seinen braunen, kurzsichtigen Augen, wobei er den Mund ganz nach einer Seite verzog. Und sie stolzierte dann noch aufrechter, noch aufreizender, wie eine Ente, die den Schnabel hoch trägt.

Wie sie Radda jetzt haßte! Nein, Borio hätte an keiner anderen so gehandelt; auch an keiner ihrer Schwestern!

Sie sah wieder die ganze Prozession vor sich: Ja, es machte ihr Vergnügen, einen nach dem andern, die da sangen, ohne auf sie zu achten, wiederzuerkennen und im Geist seinen Namen zu nennen – hinter diesem kahlen, wurmstichigen Kruzifix, mit den roten Farbflecken, wie echtes Blut, das auf die Erde tropfen und die Holzschuhe dieses ganzen Haufens zertrümmern sollte! Es kam ihr vor, als zöge die Prozession mit rasender Geschwindigkeit in ihre Augen hinein! Der ein wenig schiefe Baldachin und die zurückgeworfenen Klänge der Musik: als ob auch das wie eine Muschel gekrümmte Tal töne. Jene Musik, die fast zu reden schien; und der Klang der Glocken so laut, als ob sie sich loslösen wollten.

Ghìsola hatte geglaubt, in Castellina Menschen zu finden, die sich weniger um sie kümmerten; aber da war kein Unterschied.

Alle wußten etwas; und wer nichts wußte, dachte sich etwas aus.

Der Bürgermeister war darüber besorgt, denn es drohte zu einem regelrechten Skandal zu kommen. Er sagte, gewisse Frauen würden besser in der Stadt leben als auf dem Dorf. Und noch dazu in Castellina! Aber Ghìsola gefiel ihm, und er machte ihr ebenfalls den Hof.

Obwohl es eine Menge Männer gab, fand sie keinen einzigen, mit dem sie hätte bekannt werden können; denn sobald sie mit einem redete, gab es immer jemanden, der sie beisammen stehen sah und es herumerzählte. Und so hatten sie keine Möglichkeit mehr, einander näherzukommen.

Für die kleinen Landbesitzer war das Ganze im übrigen eine prächtige Unterhaltung; und jeder gab Ghìsola als seine Geliebte aus.

Das halbe Dutzend Mädchen aus guter Familie neidete ihr im Grunde, daß sie so gefiel und daß die Männer sich nach ihr umdrehten, obgleich sie schlecht über sie redeten.

Ghìsola wurde es zuviel; und sie mußte auch von Castellina weg: Was sollte sie da oben in diesem Klatschnest?

Nach nicht einmal einem Monat kam sie durch einige Freundschaften und unter Einschaltung einer Kupplerin an einen Geschirrhändler, der sich von seiner Frau getrennt hatte; er wollte gerade so ein Mädchen kennenlernen. Nachdem er sie nach seinem Geschmack und auch ihrerseits bereit gefunden hatte, brachte er sie in einem Häuschen in der Nähe von Badia a Ripoli unter, wo er von allen freundlich der Signor Alberto genannt wurde.

Und Ghìsola schickte den Verwandten ihre neue Adresse und schrieb, sie habe eine Stelle gefunden.

GHÌSOLA WAR MIT diesem Leben sehr einverstanden, als Pietro, der für die Zeit der Prüfungen nach Florenz gekommen war, sie aufsuchte.

Er läutete an der kleinen Haustür, deren hellblauer Lack in der Sonne abgeblättert war. Das schneeweiße Porzellanschild mit der Hausnummer glänzte im Licht; und die dunkelblauen Ziffern tanzten und verknäuelten sich ineinander.

Er hörte Schritte; dann ging die Tür auf, und gleichzeitig ertönte eine Frauenstimme. Er kam eilig die Stufen herauf, schnaufend, als ob ein Übermaß an Atem Mühe hätte, durch die Nasenlöcher zu dringen, und zu Flüssigkeit geworden wäre.

»Ist Ghìsola da?«

Die Frau, neugierig geworden und über seine Verlegenheit lächelnd, antwortete ihm, als ob der ganze Raum antworten würde: »Ich hole sie gleich.«

Pietro merkte, daß der erste Eindruck nicht seinen Erwartungen entsprach: Es lag etwas Feindseliges in der Luft. Er dachte an nichts; aber er versuchte, sich an die Photographie zu erinnern und an das, was er dabei empfunden hatte.

Die Frau schlurfte in ihren Pantoffeln hinaus. Pietro fühlte sich zu allein in der plötzlichen Stille; und er wäre lieber nicht dagewesen: Es kam ihm vor, als ob seine Gefühle weder zu diesem Ort noch zu Ghìsola eine Beziehung fänden. Lebte sie wirklich hier?

Ein Sonnenstrahl drang durch einen Spalt des Rouleaus bis in die Mitte des Zimmers; und um den Strahl verbreitete sich eine ruhige Helligkeit. Aber diese Stille erschien unergründlich, wie ein Abgrund oder ein Hinterhalt! Nichtsdestoweniger fühlte Pietro sich froh. Er hörte ein paar rasche Schritte: Das war Ghìsola.

Als sie ihn erkannte, lächelte sie und wurde rot; dann blieb nur noch das Lächeln. Und während er sie anschaute, glaubte er, nicht ihr Gesicht zu sehen; und er war nicht imstande, sie zu begrüßen.

Da berührte sie seine Hand und lud ihn ein, sich zu setzen; und sie lehnte sich an den Tisch und wartete darauf, daß er etwas sage.

Im ersten Augenblick hatte sie, ein wenig verwirrt, das Bedürfnis empfunden zu weinen; aber sie hatte sich zusammengenommen, damit er sofort sähe, wie schön sie geworden war.

Der Lichtstreifen, der jetzt auf ihrem Rock lag, erhöhte die Helligkeit.

Seine gute Ghìsola! Er hatte sie wiedergefunden! Mit einem Ruck stand er auf; und nun konnte er sie fragen, wobei er den Blick auf die Wand richtete: »Seit wann bist du hier?«

Sie sagte es ihm mit einer Unbefangenheit, die Pietro mißfiel. Und die Hände vor der Brust zusammengelegt, fragte sie: »Sind Sie verlobt?«

»Nein.«

Doch er hätte, wer weiß warum, Lust gehabt, sie anzulügen.

»Ich weiß aber, daß Sie verlobt sind.«

Mit einer Geste, die Schlauheit verraten sollte, fuhr sie fort, als hätte sie über etwas gesprochen, das sie in gute Stimmung versetzte: »Glauben Sie, ich sei über Sie nicht informiert?«

Aber Pietro war vor Genugtuung nicht in der Lage zu sprechen.

Sie bemerkte es, und zwischen ihren Augen und dem Mund erschien ein Zug von Sanftheit. Da hielt Pietro den Augenblick für gekommen und sagte, ohne sie anzusehen: »Ich habe immer an dich gedacht.«

Ghìsola wandte sich zu einer der Türen: Es sah aus, als ob der Lichtstreifen weggehen wollte, wenn sich ihr Rock bewegte; und Pietro fragte leise: »Glaubst du, daß diese Frau uns hört?«

Tatsächlich war Ghìsola dieser Verdacht gekommen; aber sie hatte sich darüber amüsiert, im Gedanken daran, wie sie sich nachher gemeinsam vor Lachen ausschütten würden. Fast vergaß sie, ihm zu antworten; aber dann sah sie seine Verlegenheit und sagte: »Schon möglich, daß sie zuhört. Aber das macht nichts!«

»Wer ist das? Warum ist sie bei dir?«

Ghìsola war um Lügen nicht verlegen; und nachdem sie schon zu einem »Was Sie alles wissen wollen!« angesetzt hatte, erwiderte sie: »Das ist eine Freundin meiner Padrona.«

»Lebt deine Padrona allein?«

»Ganz allein. Diese Frau leistet ihr Gesellschaft, denn sie läßt keinen Mann ins Haus.«

»Und gefällt es dir hier? Wie behandelt sie dich? Mußt du dich sehr plagen?«

»Oh, sie hat mich gern!«

Er dachte: »Jetzt hängt sie an der wie vorher an Giacco und Masa!« Und er sagte, aus Ängstlichkeit und aus Rücksicht auf Ghìsola: »Würde deine Padrona schlecht von dir denken, wenn sie mich hier fände? Wo ist sie jetzt?«

»Sie kommt heute später heim. Ich muß ihr sagen, daß Sie da waren.«

»Sag es ihr. Sie wird deswegen nicht mit dir schimpfen. Du sollst nicht lügen.«

Er wollte auf diese Weise auf ihre Beziehung anspielen. Indessen wunderte er sich über die Art dieses Hauses und über diese Frau, derentwegen Ghìsola sich so wenig Gedanken zu machen schien. Aber er bedachte auch, daß sie arbeiten mußte, um zu leben. Und da kamen ihm Skrupel: Er durfte ihr nicht sofort seine Liebe versprechen, um sie nicht zu kränken; schließlich war sie Landarbeiterin bei ihnen gewesen und hätte ihm womöglich nicht geglaubt. Doch von Ungeduld überwältigt, fragte er: »Und du, hast du jemals an mich gedacht?«

Er fühlte, daß er sich mit diesen Worten wieder in den Bann seines Gefühls begeben hatte; und er glaubte, auch Ghìsola darin einzuschließen. Es war notwendig, sie von diesen Leuten wegzuholen, die sie bei sich hielten und die er nicht kannte!

Er wurde schweigsam, und sie machte eine jener Bewegungen, die in der Verkürzung alle Gewohnheiten einer Existenz enthüllen. Pietro verstand nicht, aber dennoch fragte er sie: »Und hat dich nie jemand liebgehabt?«

Sie gab keine Antwort, und er wiederholte seine Frage. Sie antwortete trotzdem nicht: Er glaubte, er habe für das erstemal zuviel wissen wollen. Und doch, sie hätte sofort aufrichtig sein müssen! Nun fragte er sich, ob er mit der gleichen Vertraulichkeit wie vorher mit ihr reden könne; und er fühlte eine große Sympathie für dieses plötzliche, lauernde Schweigen, denn für ihn war es etwas Ungewöhnliches.

Mit einer Miene, in der sich Gutmütigkeit und Durchtriebenheit mischten, wartete Ghìsola, daß er wieder den Kopf hob; und fast scherzend fragte sie: »Gefalle ich Ihnen jetzt?«

Er wollte ihr nicht antworten, aber eine große Genugtuung erfüllte ihn.

Außer ihnen und außerhalb dieses Zimmers existierte nichts mehr!

Ghìsola fuhr fort: »Würden Sie mich noch lieben?«

Da antwortete er mit einer Anstrengung, als ob er mit der Stimme eines anderen spräche: »Wenn du noch keinen geliebt hast!«

Es herrschte eine solche Stille, daß beide glaubten, die Bewegungen ihrer Gelenke zu hören; und sie vermieden es, sich anzusehen.

Er hatte Mitleid, daß sie eine Dienstmagd war und daß sie, wenn die Padrona von seinem Besuch erführe, womöglich getadelt und gedemütigt würde. Er ging zum Fenster, schob das grüne Rouleau zur Seite und sah, geblendet von der Sonne, auf ein paar Blumenbeete mit Bambus in der Mitte. Ghìsola trat rasch zu ihm hin, mit einem einzigen Schritt; und sie zog ihn zurück: »Lassen Sie sich nicht sehen!«

Er erschrak, als ob sämtliche Ziegel des Fenstersturzes sich durch seine Schuld lösten. Aber als Ghìsola ihn berührte, fühlte er, daß er blaß wurde. Wie früher!

Sie war gleich wieder von ihm abgerückt, und ehe er sich erholt hatte, sagte sie lachend: »Sie haben mich noch gern, nicht wahr?«

Pietro lachte, um es Ghìsola gleichzutun; und er fühlte, wie sich ihm der Kopf drehte, wie nach einer eben bestandenen Gefahr. Ghìsola setzte mit gespielter Ungläubigkeit hinzu: »Aber nicht mich allein!«

Er war unfähig zu irgendeiner Überlegung; und seine Worte folgten einem unbewußten Zusammenhang.

»Warum antwortest du mir so? Wenn ich dir sage ...«

Ihm war es, als redeten auch ihre Hände. Plötzlich nahm er Ghìsola wie ganz von weitem wahr, jenseits jeder Illusion, und ihn überfiel eine feindliche Ahnung, die er sofort hätte niederschlagen müssen, um Ghìsola zu sich zu rufen. Sein Traum zu lieben lag noch in weiter Ferne! Wie tief hatte er geträumt!

Daß sie schön war, durfte er ihr nicht sagen, um ihr kein Kompliment zu machen, das möglicherweise zweideutig erscheinen könnte; und dann auch, weil ihre

Schönheit zu nichts nütze wäre, wenn sie nicht von einem tiefen Instinkt der Ehrlichkeit getragen würde, wie er ihn besaß.

Er wünschte, daß auch sie diesen Instinkt besäße und daß sie stolz darauf sei. Das war notwendig; wegen jener moralischen Prinzipien, die sich bei ihm mit denen von Erlösung und Gerechtigkeit auf Erden verbanden. Daher mußte er ihr zuallererst ein Beispiel davon geben. Und er nahm sich vor, ihr das alles später einmal zu erklären.

Er wußte nichts mehr, was er ihr hätte sagen können; und er hatte das Gefühl, als ob irgend jemand ihn zum Gehen dränge. Er trat in die Mitte des Zimmers, warf Ghìsola einen Blick zu, streckte ihr die Hand hin und ging langsam hinaus; aber er wußte nicht, wie er das anstellen sollte, mit einer Schulter an die Tür stoßend.

Ghìsola war froh, daß der Besuch so schnell ein Ende nahm, denn ihr Freund hätte jeden Moment dazukommen können.

Die Stufen waren völlig abgetreten: Bei ihrem Anblick hatte er das Gefühl, daß sie unter seinem Tritt zerbrechen könnten.

Ein krampfhaftes Zittern befiel ihn. Er schloß die Haustür mit einem Knall, der ihm zu laut erschien; dann hob er die Augen und sah Ghìsola an ein Fenstergitter gelehnt: Sie grüßte ihn mit einer Kopfbewegung. Aber er hatte nicht die Kraft, ihr zu antworten. Zweimal drehte er sich um, immer mit dem Wunsch, daß sie noch dastünde, voller Zärtlichkeit für sie und in dem Bewußtsein, daß die Unmöglichkeit, ihr zu winken, immer größer wurde. Und er kam in die Stadt, ohne es überhaupt zu merken.

Obwohl er auf dem Bürgersteig dicht an der Kaimauer entlangging, hatte er keinen Blick für den Arno mit seinem wenigen grünlichen Wasser, durch das sich ein paar dunkelblaue Streifen zogen. Auf einer Art Halbinsel, die sich aus dem Flußgrund gebildet hatte, standen einige Karren, bereits mit Sand beladen; dort herum war das Wasser niedriger und voll flimmernder Funken.

Manchmal klang das Geräusch der Stadt wie von fern her, als habe es sich an eine andere Stelle verlagert, um einen Augenblick danach wieder zurückzukehren. Und Pietro, der sehr rasch ging, mußte hin und wieder anhalten, weil er sich in der Straße geirrt hatte.

Er kam auf den Lungarno degli Archibusieri: der Ponte Vecchio mit den zwei Pfeilern, auf denen, wie aneinandergebacken, die Häuser der Goldschmiede ruhen, zusammen mit den anderen, die mit ihren rotgestrichenen Holzstreben über den Bögen kleben, die Wände wie zerfetzt durch die zu breiten und zu dicht nebeneinanderliegenden Fenster.

Auf der anderen Uferseite schmale, graue, schmutzige alte Häuser, die aussehen, als hätten sie Angst, ins Wasser gestürzt zu werden; Häuser wie dünne Streifen in allen möglichen Farben, wie angeklebt an die auf der Brücke. Schmale Rechtecke aus Häusern und aus Wasser: eins hinter dem anderen und keines dem andern gleich.

Der Arno streifte die Stützen der Gesimse: Sein Schweigen und das der Häuser ließ das ferne Brausen vernehmen, das fast immer von einem Glockenton begleitet war; und oben die Zypressen des Kastells, die mit einer unendlich sanften Reglosigkeit in die Luft ragten.

Diesseits des Arno die halbgeschlossenen Geschäfte, glühend unter der Sonne, mit dem viel zu warmen

Schatten ihrer kurzen Markisen; und die Straßen, die, ausgestorben, in die Stadt hineinführten.

Von der Kirche San Miniato und vom Belvedere dagegen zogen sich die Bäume wie eine hohe Hecke, durchsetzt von weißen Villen, hinter den Dächern des Borgo San Iacopo herunter.

Über dem Poggio dell'Incontro lag eine himmlische Klarheit.

Auf dem Ponte Vecchio schlug der Wind gegen die ausgebleichten Markisen der Goldschmiede, wirbelte den Staub über den Fluß. Und dort unten, mit den weißen Statuen und ihren gelben Schatten, der Ponte Santa Trinità, der zwischen der Apsis von San Iacopo, am Flußufer, und der Kirche di Cestello ausläuft. Dann der Kampanile von Santo Spirito vor den nicht mehr so dichtgedrängten und niedrigeren Häusern, bis hin zu den Schornsteinen von Pignone. Einsam lag der Ponte della Carraia; und weit dahinter sah man in der leuchtenden Ferne die ersten Bäume der Cascine.

Pietro kam sehr spät nach Hause; er räumte die aus Siena mitgebrachten Bücher ein und nahm die Wäsche aus dem Koffer. In der Nacht wachte er zwei- oder dreimal auf; und jedesmal, ehe er wieder einschlief, sagte er, voll Freude, laut zu sich: »Bis morgen ist es nicht lang!«

Den ganzen Vormittag verbrachte er unentschlossen, doch am Abend schrieb er ihr; denn er fühlte, daß er sie tatsächlich liebte. Er wußte gar nicht mehr genau, wie Ghìsolas Gesicht aussah; eher kam es ihm vor, als ob sich ihre Bewegungen, ohne daß er sie deutlich sehen könnte, um ihn herum wiederholten. Die Farbe ihres Kleides war zu einem Licht geworden, das dann und wann wie ein Blitz aufflammte.

Ghìsola ließ sich den Brief von ihrem Freund vorlesen, dem sie, auf ihre Weise, bereits von dem Besuch erzählt hatte, da sie Beatrice, der Haushälterin, nicht traute, die Pietro empfangen hatte.

Signor Alberto fragte sie lachend: »Warum schreibt er dir? Er scheint dich schon lange zu lieben? Das ist ein kurioser Brief. Laß ihn mich noch einmal lesen.«

Diesmal hielt er bei jedem Satz inne, um Ghìsola anzusehen, die sich an seine Schulter gelehnt hatte. Sie kosteten die Gefühle aus, die daraus sprachen, wobei sie sich bewußt waren, daß sie selbst dazu nicht fähig gewesen wären. Als er mit dem Brief fertig war, gab er der Geliebten einen Kuß: »Der ist von ihm.«

Sie zerriß das Blatt, und um ihn noch mehr zum Lachen zu bringen, aber auch weil ihr selbst lustig zumute war, fing sie an, auf den Fersen zu gehen und sich um sich selbst zu drehen. Er amüsierte sich, fragte aber: »Und wie machst du ihm vor, daß du ihn liebhast?«

»So.«

Und sie markierte spöttisch eine schmachtende Liebkosung.

»Aber du sagst mir nicht alles.«

Er nahm sie beim Ohr und fragte sie leise: »Auch mit ihm?«

Ghìsola richtete sich auf, blaß werdend, und sagte, so schnell sie konnte: »Ich schwöre dir ... Aber wenn er mich heiraten wollte, warum hättest du was dagegen?«

Er hätte sich nun am liebsten entschuldigt.

»Ich möchte nur sicher sein, deinetwegen, daß er dich wirklich liebt und daß er so reich ist, wie du dir immer einen erträumt hast. Sonst, meine ich, könntest du auch bleiben, wo du bist.«

»Ob er reich ist? Sein Vater hat zehn Gehöfte und eine große Trattoria.«

»Und er wäre einverstanden?«

»Ich wette, er hat ihn selbst hergeschickt.«

Signor Alberto glaubte Ghìsola und war zufrieden.

Während sie die Teller aus dem Schrank holte, um den Tisch zu decken, dachte er, daß er, wenn er Lust hätte, ja ihr Freund bleiben könnte.

Aber seine Geschäfte gingen nicht gut, und er mußte mit diesem geruhsamen und allzu bequemen Leben Schluß machen.

Ghìsola beobachtete ihn, wie er, ohne es selbst zu merken, den Kopf senkte; und dabei versuchte sie, seine innerste Entscheidung zu ergründen, die, die er ihr vielleicht verheimlichen würde. Da sie fürchtete, er könnte zu nachdenklich werden, sagte sie: »Was hast du heute abend? Bist du nervös?«

Er lächelte und antwortete: »Du hast recht, ich bin zu alt für dich – und du würdest dich nur opfern. Ich will selber, daß du dich verheiratest.«

»Aber warum redest du über so etwas? Muß das sein? Du machst mich wütend.«

»Du bist es, die darüber redet, meine liebe Ghìsola! Aber mir kommt eine gute Idee!«

»Sag sie mir!«

»Du mußt es so anstellen, daß er später glaubt, *er* hätte dich schwanger gemacht! Das wird dir ja nicht schwerfallen. Wie findest du das?«

Sie biß sich auf die Lippen, die Schultern unter die Lampe gebeugt. Dann fing sie an, mit einem Finger den Tellerrand zu umkreisen.

Er fragte sie: »Na?«

»Ich gebe ihm überhaupt keine Antwort. Und wenn er kommt, schütte ich ihm einen Kübel Wasser über den Kopf.«

Und sie drückte auf die elektrische Klingel, um

Beatrice zu rufen, damit sie das Abendessen bringe. Doch Signor Alberto, wie um seine Überlegungen abzuschließen, rief: »Du wirst reicher als ich!«

Und nicht ohne eine gewisse Ernsthaftigkeit fügte er hinzu: »Du darfst ihn bloß nicht in mein Haus bringen...«

Wie ertappt wandte Ghìsola den Kopf.

»... damit ihr es euch hier bequem macht.«

Sie lachte. Da wurde er traurig: »Und ich möchte auch nicht, daß du dich mit ihm vor den Leuten hier in Badia sehen läßt. Sie kennen mich.«

Und im Geist fuhr er fort: »Jetzt verliere ich auch sie. Aber es mußte ja so kommen.« Er bemühte sich zu lächeln, strich sich über den Schnurrbart, ging zu ihr hin, um ihr in die Augen zu schauen, und zwickte sie, daß es ihr weh tat.

»Hast du verstanden?«

Sie lachte, um nicht zu weinen. Er hatte keine Lust, gerührt zu werden; und er fragte mit komischem Mißtrauen: »Du wirst es doch fertigbringen, dich von ihm küssen zu lassen?«

Und scherzend fügte er hinzu: »Der ist schlauer als ich, denn mit mir hast du immer gemacht, was du wolltest.«

Sie brachen in Lachen aus; und da die Frau hereinkam, setzten sie sich zu Tisch.

Ghìsola, die sich geschmeichelt fühlte, weil sie sofort erfaßt hatte, wie sehr Pietro sie liebte, besuchte ihn selbst, anstatt ihm mit einem Brief zu antworten. Konnte es nicht sein, daß er sie wirklich heiratete? Dann wäre sie nach Siena zurückgekehrt: nicht als Bäuerin, sondern als Padrona.

Als sie kam, saß Pietro im Zimmer, mit einem Buch in der Hand, aber ohne zu lernen: Er rollte mit den Fingern die Ecken der Seiten ein. Anstatt zwei Prüfungen hatte er nur eine abgelegt; und er dachte an Ghìsola. Nein: er durfte nicht zu den Prüfungen gehen! Er mußte es so machen!

Als Ghìsola, ohne angeklopft zu haben, die Tür öffnete, machte sein Herz einen Sprung. Und er rief: »Komm! Ich habe auf dich gewartet!«

Sie setzte sich, ein wenig ernst, und hob das Schleierchen über den mit künstlichen Veilchen verzierten Hut; und er sagte zu ihr: »Nimm ihn ab.«

So hatte er noch nie mit einer Frau gesprochen.

Als ob sie das spürte oder an seiner Stimme hörte, lachte sie, gut gelaunt, und nachdem sie mit gezierter Befangenheit das ganze Zimmer gemustert hatte, ging sie zum Spiegel, zog die Nadel heraus, nahm sie in den Mund und legte den Hut auf die Marmorplatte der Kommode.

Hätte er sie doch schon geheiratet! Wie schön sie war!

Sie setzten sich einander gegenüber, und er empfand eine verlegene Freude, als er ihr zulächelte, während sie darauf bedacht war, es ihm gleichzutun. Dann näherten sich ihre Hände auf dem kleinen Tisch, und er drückte einen ihrer Finger nach dem andern, schweigend, wie um sie zu überzeugen, daß nichts Böses dabei sei.

Die Sonne färbte die Leisten der geschlossenen Fensterläden rot.

Er stand auf und küßte Ghìsola; und sie schloß die Augen. Doch gleichzeitig hätte er sie am liebsten getadelt und ihr gesagt: »Du kannst Vertrauen haben – aber wenn ich dich nun nicht wirklich liebte?« Und er hielt ihre Hände fest, um ihr zu beweisen, daß er sie liebte; und ihr Geruch nach Schweiß gefiel ihm.

Ghìsola schlug die Augen nieder, sooft sie seinem Blick begegnete; aber sie lächelte ihm zu, fast bittend, er möge doch endlich verstehen und aufhören, sie auf diese Weise zu lieben – als ob sie bisher von niemand geliebt worden sei.

Dann hustete sie und lehnte sich im Stuhl zurück, wie um etwas Abstand zu gewinnen.

Nun gehörte sie also ihm! Aber was gab er ihr für soviel Freude? Daher fragte er sie: »Kannst auch du mich lieben?«

Ghìsola schwieg und neigte den Kopf. Er insistierte, um eine Antwort zu erhalten: mit einer Sanftheit, die er anerkannt sehen wollte. Da küßte sie ihn zum erstenmal, als ob sie nicht zu küssen verstünde; danach wischte sie sich mit dem Taschentuch über den Mund, fast als bereue sie es. Und sie sagte schnell: »Ich muß jetzt nach Hause.«

Pietro dachte: »Es ist wirklich besser, wenn sie nicht zu lange hierbleibt!«

Und er bat sie um die Erlaubnis, sie noch einmal küssen zu dürfen. Ghìsola tat so, als tadle sie ihn, weil er nicht auch das erstemal gefragt hatte; er war beschämt, ohne daß er wußte, was er antworten sollte: Das Schwarz ihrer Pupillen hatte jene Färbung, die Dinge annehmen, wenn sie auf dem Grund des Wassers liegen.

Doch als sie sich wieder den Hut aufsetzte, stach sie sich mit der Nadel in den Finger. Durfte sie sich weh tun, auch wenn er da war? Er nahm ihre Hand und betrachtete den Blutstropfen, der immer größer wurde; und kurz bevor er herunterfiel, saugte er ihn auf.

Sie ließ ihn gewähren, voll Neugier. Und sie lächelte ihm zu wie einem Kind: nun schon mit einer Sanftheit, die vertraulicher und gütiger war.

Wie trunken sagte Pietro zu ihr: »Das werde ich nie vergessen!«

Auf der Piazza Beccaria – deren vom Wind bewegte Bäume nicht mehr dorthin zu passen schienen – fiel ihr das Taschentuch hinunter. Er hob es auf und behielt es in der Hand, bis sie auseinandergingen. Das Taschentuch bedeutete fast genausoviel wie ihr Kleid.

»Wann kommst du wieder?«

Ghìsola war sich nicht sicher, ob ihr Freund das, was er wollte, sofort zulassen würde.

»Ich weiß es nicht...«

Pietro bemühte sich zu verstehen, wie er das deuten sollte: Eins war sicher, ihm schien es unmöglich, daß sie fortging.

»Morgen?«

Aber er scheute sich zu drängen, da er nicht wußte, ob er damit nicht einen Fehler machte.

»Das ist zu früh. In fünf Tagen.«

Sie lächelte nur, um Zeit zu gewinnen.

»Denk daran, daß ich auf dich warte... Du glaubst mir doch? Sag mir, daß du mir glaubst...«

»Ich weiß es.«

Und sie lächelte wieder.

»Darf ich dir schreiben?... Aber kannst du überhaupt lesen?«

»Nein.«

Dabei hätte sie lieber gelogen und ihn voll Hochmut angesehen; aber sie wurde rot und senkte den Kopf.

»Und wer liest dir die Briefe vor? Eine Frau, nicht wahr?... Daß du sie dir ja nur von einer Frau vorlesen läßt!«

»Von einer Frau. Mußt du mir das eigens sagen?«

Und sie zog mit den Fingern die Unterlippe herunter. Pietro sah sie hingerissen an; dann, um sich zu vergewissern, daß sie sich auch nicht gezwungen sähe, ihn anzulügen, fragte er: »Die, die ich gesehen habe, als ich bei dir war?«

Aber Ghìsola merkte es und lachte: »Eine andere. Geh jetzt nicht weiter mit.«

Er sagte: »Komm bald wieder.«

Und gleichzeitig fragte er sich: »Warum gehorche ich ihr? Doch das gibt mir ein Gefühl von Freude und Stolz!«

Ghìsola ging weg, ohne sich noch ein einziges Mal umzusehen. Und er stand da und sah sie hinter einer Biegung verschwinden, an der eine Zypresse aufrecht über eine Mauer ragte: wie eine Fremde, die nichts von ihrer beider Liebe wußte – während ihm das, was er empfunden hatte, noch wirklicher erschien als sie selbst.

Ein Blatt, das sich vom Baum eines Gartens gelöst hatte, streifte sein Gesicht: Wäre er in Poggio a' Meli gewesen, hätte er es aufgehoben.

Kaum daß Ghìsola von ihm fort war, hatte sie das Gefühl, nur ihre Zeit vergeudet zu haben.

Jeden Tag wartete Pietro auf sie: Er sah sie wieder da sitzen, die Arme auf dem kleinen Tischchen. Doch das Gefühl, sie nur gefunden zu haben und sie nicht lieben zu können, wuchs. Er ging nicht zu den Prüfungen, obwohl er ständig daran dachte und sich, wie in einem Alptraum, vorstellte, gefragt zu werden und keine Antwort zu wissen.

Statt dessen suchte er Ghìsola auf, von einer Ungeduld erfüllt, die ihn zum Weinen brachte.

Sie öffnete selbst die Tür; und Pietro war überrascht, wirklich sie zu lieben – in dem Augenblick, in dem er sie fragte: »Hast du mich erwartet?«

Um ihn hinzuhalten, erwiderte sie: »Vielleicht.«

Und da – sosehr er auch ein inneres Widerstreben empfand, selbst beim Sprechen – fuhr es aus ihm heraus: »Können wir nicht zusammen auf der Straße gehen? Bist du allein?«

Ghìsola überlegte; dann erwiderte sie: »Wart auf mich vor der Ortschaft.«

Pietro empfand darüber keinerlei Freude, denn das unangenehme Gefühl, auf irgendeine Weise belogen zu werden, bedrückte ihn. Er wartete nur auf sie, um nicht vor dem zu fliehen, worum er selbst gebeten hatte.

Es windete, aber über allem lag die brennende Julisonne. Auf der Straße nach Bisarno wiegten sich am Ende der Kurve ein paar Zypressen. Es sah aus, als ob das Licht sich ständig mit dem Wind veränderte. Olivenbäume, in einer Reihe, ragten mit ihren langen Zweigen über eine Mauer, und ihre Wipfel, von zartem Grün, schlugen darauf. Auch ihre Schatten sahen aus wie Wipfel: kaum daß sie sich von den echten unterschieden.

Ghìsola kam mit raschen Schritten. Sie war ohne Hut und trug um den Hals eine Kette mit einem goldenen Herzchen daran.

Pietro fürchtete, sich lächerlich zu machen, wenn er ihr sagte, daß er nach Siena zurück müsse. Aber schließlich fragte sie ihn, nachdem sie schweigend nebeneinander gegangen waren und er immer auf ihre Hände gestarrt hatte: »Wann gehst du weg?«

»Morgen.«

»Dann sehen wir uns also nicht mehr!«

Verblüfft über diese beinahe heitere Gelassenheit, fragte er seufzend: »Wirst du auch immer an mich denken?«

Da anwortete Ghìsola, im Ton der Überzeugung, fast unterwürfig: »Immer.«

Dann schaute sie ihn an, und als sie seine Unzufriedenheit sah, setzte sie hinzu: »Du denkst, daß ich dich nicht genug liebe.«

Er erwiderte, und es entsprach der Wahrheit: »Ich vertraue dir.«

Ghìsola hielt den Kopf gesenkt und lächelte wieder; aber diesmal schien es ihr Mühe zu machen.

Die Straße, auf der der Wind, ohne daß man ihn hätte hören können, da und dort weiße Staubwolken hochwirbelte, war so einsam, als ob nie jemand darauf gegangen wäre. Ghìsola kam Pietro in einer veränderten Weise schön vor und auch etwas fülliger. »Ja, auch das steht ihr gut!« Doch er konnte den Blick nicht von dem kleinen Herzen wenden: Am liebsten hätte er es ihr weggenommen, damit die anderen sie nicht noch mehr anschauten – und direkt auf ihre Brust.

Ghìsola bemerkte es und wartete. Als er sah, daß sie es bemerkt hatte, fragte er: »Warum trägst du das?«

Sie wurde rot, und es schien, als wolle sie das goldene Herzchen schützen.

»Hast du es gekauft, oder hat man es dir geschenkt?«

»Geschenkt.«

»Sag mir, wer. Sag es mir sofort.«

Er blieb vor ihr stehen und zwang sie, ebenfalls stehenzubleiben.

»Meine Schwester Lucia.«

»Wie lang ist das her?«

»Ein Jahr, als sie mich besucht hat.«

»Und hat sie dich gern?«

»Sie mich schon, aber ich sie nicht.«

»Warum?«

»Ich weiß es nicht...«

»Warum? Sag es mir. Wenn du es *mir* nicht sagst!«

»Ich weiß es nicht. Wir sind einfach zu verschieden.«

Er dachte, daß das stimmen könnte, denn sie sahen sich auch äußerlich gar nicht ähnlich; und er war froh darüber. Trotzdem war er auf die Schwester eifersüchtig. Und er sagte zu Ghìsola: »Ich werde dir ein anderes kaufen, und dann trägst du das meine. Das heißt, das deine, denn nichts gehört mehr mir. Einverstanden?«

Am liebsten hätte sie gelacht; doch das war bestimmt nicht der richtige Augenblick. So machte sie kehrt, ohne etwas zu sagen. Und da sie anfing, ganz schnell zu gehen, als ob sie sich verspätet hätte, fragte er: »Wartet diese Frau auf dich?«

»Ja, wir sind unvorsichtig gewesen.«

»Aber warum sagst du so etwas, wenn ich dich doch wirklich liebe? Du darfst dir keine Sorgen machen.«

Sie lächelte und beschleunigte ihren Schritt noch mehr, ohne ihm zu antworten.

Pietro ließ es geschehen, daß sie allein auf der Piazza ankam; danach spazierte er dort herum und tat so, als warte er auf jemanden. Aber es war niemand da! Er sah einen Hund, der mit krummem Rücken, aus dem die Knochen hervorstanden, davonlief.

An der Straße nach Grassina betrachtete er den kleinen Hügel mit seinem blassen, ausgebleichten Grün, voll von Olivenbäumen, nur da und dort eine schlanke Zypresse dazwischen.

Nachdem die Tram hinter der Kurve hervorgekommen war, stieg er ein. Und als er die Augen hob, war er bereits in Florenz, auf dem weiß schimmernden Lungarno, kurz hinter der Barriera; und von diesem Punkt aus umfaßte sein Blick alle Glockentürme auf einmal.

Pietro war so bewegt, daß er sogar dachte: »Selbst wenn sie ihre Unschuld verloren hätte, um nicht Hunger leiden zu müssen, ich könnte das nicht ausnützen. Ich würde weinen. Und ich würde ihr dabei helfen, sich zu ändern. Irgend jemand könnte sie dann achten und heiraten. Aber das hätte sie mir gesagt. Warum hätte sie es mir nicht sagen sollen?«

Und ganz im Gegensatz zu seinen Zweifeln erschien sie ihm von einer wunderbaren Reinheit. Da packte ihn die Eifersucht, und er weinte. »Sie muß die Meine werden! *Ich* will sie lieben! Warum sollte ich sie nicht lieben dürfen?« Und war es nicht auch seine moralische Pflicht? Aber wie sollte er es anstellen, nicht im Haus des Vaters leben zu müssen? Ghìsola hatte zu ihm gesagt: »Er ist reich, es hängt alles von ihm ab. Aber er wird es bestimmt nicht wollen.«

Als Pietro aus Florenz zurückkam und seinem Vater sagte, daß er Ghìsola liebe und beschlossen habe, wenn es ihm recht sei, sie zu heiraten, würdigte ihn Domenico nicht einmal einer Antwort; aber innerlich raste er wie ein Fuchs, dem man die Höhle mit brennendem Stroh ausräuchern will.

Über die Prüfungen schwiegen alle beide. Pietro, um ihm nicht die Wahrheit sagen zu müssen, und Domenico in der Hoffnung, daß Pietro dann nicht mehr an Florenz denke – aber er hätte gute Lust gehabt, ihn gegen die Wand zu schlagen wie ein Kissen.

Pietro kehrte von langen, einsamen Spaziergängen über Land zurück, auf denen er sich auch noch mit der Luft beratschlagt hatte. Immer wieder war es ihm ganz und gar unmöglich vorgekommen, daß Ghìsola schon einmal jemanden geliebt haben könnte, denn das hätte Spuren an ihrer Schönheit hinterlassen müssen. Da war es schon eher so, daß ihn die Eifersucht plagte!

Manchmal fragte er sich: »Bin ich denn wirklich in Siena? Es scheint mir nicht mehr das gleiche. Ohne Zweifel, sein Himmel ist jetzt blauer: So war er früher nicht.« Ihm fiel auf, daß im Sommer, gegen Abend, auf der Piazza del Campo ein blasses, laues Licht verbleibt, ein Überrest vom Mittag, ähnlich dem Licht einer Laterne, das nur in ihrem Inneren leuchtet; die Personen aber, die den Platz überschreiten, scheinen wie aus einer anderen Zeit zu kommen, in einem unergründbaren Schweigen.

»Wenn Ghìsola einmal da ist, werde ich ihr alles sagen, was ich empfinde.«

Jeden Morgen erwachte er mit einem Seufzer. Und wie gut er sich an seine Träume erinnerte!

Aber ohne Ghìsola konnte er nicht leben; und gegen Mitte August beschloß er, hinzufahren und sie zu holen: damit sie nach Radda zurückkehre und dort warte, bis sie heiraten könnten: ein Jahr vielleicht, höchstens anderthalb. Warum sollte er die Einwilligung nicht erhalten? Inzwischen würde er sich ihrer sicherer fühlen, wenn er sie in Radda wüßte.

Von Rebecca lieh er sich das Geld für die Reise.

Doch in Florenz kam es ihm in diesen wenigen Stunden vor, als wäre er immer noch in Siena, oben an der Via di Camporegio, wohin er jeden Tag gekommen war, als er noch in die Realschule ging.

Nur kurz ist die Entfernung zwischen dem rötlichen Backsteinbau von San Domenico und den Häusern, die sich kunterbunt von allen Richtungen um den Dom drängen, unter ihm haltmachen, kaum daß sie ihn berühren. Doch von dort oben aus in die leere Tiefe von Fontebranda zu blicken, benimmt einem den Atem.

Das Hospital, das sich blutrot über der Stadtmauer erhebt, sah er die Farbe der versengten Erde annehmen, während das dunkle Blau des Himmels allmählich grau wurde. Und dann die ersten Sterne, da und dort, aber so weit auseinander, daß es ihm Angst einflößte.

Die Gassen, gleich riesigen Spalten und Rissen, füllten sich mit Schwarz. Zwischen den terrassenförmig übereinanderliegenden, von rechtwinkligen Mauern umschlossenen oder durch sie getrennten Gärten und zwischen den Hügeln mit ihren Einbuchtungen und Vorsprüngen schien sich, die unregelmäßigen Hänge hinab, die Nacht mit ihrem ungewissen Schimmer zu ergießen, wie wenn es in Strömen regnete.

Ein Betrunkener fing an zu singen und hörte wieder auf. Die Costaccia, wie die Brustwehr vor einem Abgrund, und der fast senkrechte Costone mit dem schweren und breiten Bogen, der ihn gleichsam zusammenhält, damit eine andere Straße darüberführen kann, ziehen sich schräg zu den Häusern hinauf.

Nicht zwei Dächer von der gleichen Höhe, auch wenn sie unmittelbar benachbart sind. Kleine und große Häuserklumpen, die sich schief und krumm nebeneinander hinziehen: Hie und da stehen die Häuser über zwei oder drei Winkel, der eine in den anderen verschoben, im Kreis, verknotet, zusammengeballt, verknäuelt, mit abgebrochenen oder zerquetschten Linien, immer mit jähen Veränderungen: den Formen der Hügel entsprechend, den Hängen und Straßenwindungen und den Plätzen, die von oben wie Löcher aussehen.

Plötzlich ein Riß zwischen zwei Häusern, und dann die anderen, die sich mit aller Kraft aneinanderklammern und festhalten, sich drücken und ducken und dann wieder erheben und drehen, um sogleich hinter denen zu verschwinden, die einer völlig anderen Bewegung folgen und von der entgegengesetzten Seite heraufstoßen. Doch auch diese unterbrechen sich fast sofort, um in einen breiteren, unregelmäßigen Kranz überzugehen, ganz flach oder in Strängen; in ihn wagen sich neue Häuser, schief, quer, wie es ihnen gerade gelingt, geschoben von anderen, die den Eindruck erwecken, als wollten sie es sich bequemer machen und jedes seinen Platz für sich beanspruchen.

Die Häuser ganz unten, die fast in der Landschaft versinken, von der Porta Ovile, von Fontebranda, von der Porta Tufi, stützen die, die sie auf den Schultern tragen, halten sie von dem Wunsch ab, sich lichter zu zerstreuen. An den höchsten Punkten scheint es, als würden die Häuser zum Gehorsam gerufen, und sie fügen sich, um nicht allein zu sein.

Auf den Höhen hat man den Eindruck, als herrsche dort ein strudelartiges Getümmel; an den Abhängen stürzen die Häuser eines auf das andere wie bei einem Erdrutsch. Aber man kann auch bis zu zehn lange Dachreihen zählen, immer höhere; und seitlich neue Reihen, die im rechten Winkel zu den ersten stehen.

Die Torre del Mangia erhebt sich gelassen aus diesem ganzen Wirrwarr.

Und um die Stadt herum nisten sich die Olivenbäume und die Zypressen zwischen den Häusern ein; als ob sie, nachdem sie einmal vom Land gekommen sind, nicht mehr zurückkehren wollten.

Pietro aber war es, als würde er von seinem Vater verfolgt – obwohl er sich doch durch den Kampanile des Giotto, durch Santa Maria del Fiore beruhigt fühlen konnte, durch diese Straßen, die er kannte und die er ehemals in jenem Zustand immer heftigerer Verlorenheit durchschritten hatte. Er bekam Lust, wieder mit dem oder jenem seiner Kameraden zu sprechen, ihnen das Mißverständnis zu erklären und warum sie nichts mehr von ihm gehört hätten, aus einem Grund, über den er nicht reden konnte, so ungern er Geheimnisse hatte, selbst jetzt, da er die Notwendigkeit, etwas zu verbergen, als köstlich empfand, etwas, das vielleicht soviel wie seine eigene Seele war.

Ein Zitronenverkäufer saß unter einem grünen Schirm mit hölzernen Stäben, am Beginn des Ponte alle Grazie. Ein paar Gepäckträger und einige undefinierbare Gestalten lehnten dösend an der Kaimauer.

Von den Bäumen von San Miniato flog eine Lerche wie ein glitzerndes Etwas in Richtung Cascine.

Weiter zur Piazza della Signoria hin, die kühl und besprengt war, begann man wieder Menschen zu sehen, noch mehr in der Via Calzaioli und auf der Piazza del Duomo. Im Hintergrund der Via Cavour der Hügel von Fiesole: hoch und grün.

Als er in Badia aus der Trambahn stieg, errötete Pietro, obwohl kein Mensch zu sehen war. Er warf forschende Blicke unter die ausgestellten Fensterläden, ob etwa Gesichter zu entdecken wären, die auf die Straße schauten: nichts als staubige Geranientöpfe.

Nachdem Ghìsola ihm selbst die Tür geöffnet hatte, ohne ihn jedoch einzulassen, beklagte er sich, daß sie noch nicht nach Radda gegangen sei; und sie erwiderte, sie habe auf ihn gewartet und überhaupt wolle sie erst sicher sein, daß ihre Eltern sie auch gern wieder zu Hause aufnähmen.

Das Gefühl, schon so lange mit ihr zusammen zu sein, war ihm unerklärlich.

»Und warum nicht? Haben sie etwas gegen dich?«

»Ich bin dort nicht gern.«

Pietro wunderte sich, daß sie so und nicht anders antwortete. Er streichelte sie und bat: »Du darfst mir nicht nein sagen, du mußt bei dir zu Hause warten. Du wirst mir doch diesen Gefallen tun!«

Danach dachte er: »Warum bitte ich sie darum?«

»Wenn du willst...«

Da er sah, daß sie bereit war nachzugeben, sagte er: »Dann komm mit mir nach Siena.«

Sie lächelte und machte ihm ein Zeichen zu schweigen.

Er war überzeugt, daß sie eine große Zärtlichkeit empfinden müsse, um ihm zu gehorchen; doch Ghìsola, der eher zum Scherzen zumute war, fragte ihn: »Gefall' ich dir heut weniger?«

»Warum solltest du mir heut weniger gefallen?«

Und er liebkoste ihr Gesicht: Sie bog sich zurück und schaute auf seine Fingerspitzen.

»Warum magst du das nicht? Ich warte auf dich an der Straße nach Badia.«

»Ich komme. Geh jetzt.«

Er faßte ihre beiden Hände und küßte sie, aber sie wich zurück und schlug ihm beinahe die Tür vor der Nase zu.

Und während er die Stufen hinunterging, dachte er: »Sie hat gelitten. Sie leidet, weil sie in einem Haus leben muß, in dem sie nicht daheim ist. Die Eltern haben ihr vielleicht nicht mehr geschrieben, die Verwandten sind neidisch. Sie ist mir sinnlicher vorgekommen, aber ich darf sie trotzdem nicht berühren. Ja, noch schlimmer: Hinterher würde ich sie hassen.«

Dagegen wunderte er sich nicht, daß Ghìsola einfach so weggehen konnte, kaum daß er mit ihr darüber gesprochen hatte.

Der Signor Alberto hatte ein Konkursverfahren am Hals und ließ sich seit vierzehn Tagen bei niemandem mehr sehen, nicht einmal bei ihr. Ghìsola besuchte ihn hin und wieder für eine halbe Stunde in der Kanzlei eines seiner Advokaten, wo er nunmehr seine ganze Zeit verbrachte. Er hatte sie gebeten, nach Radda zurückzugehen, bis der Prozeß beendet sei; auch damit die Verwandten seiner Frau, die als Zeugen auftraten, nicht noch Öl ins Feuer gossen.

Geld gab er ihr keines mehr; und mehr als einmal hatte Ghìsola sich mit Brot und ein bißchen Obst begnügen müssen. Aber da sie nicht nach Hause zurückwollte und andererseits auch nicht wußte, wohin sie sonst gehen sollte, hatte sie die Entscheidung hinausgezögert.

So brauchte sie nach Pietros Ankunft also nur noch Beatrice zu beauftragen, ihren Freund zu grüßen und ihn zu bitten, er möge sie nicht vergessen.

Und doch mußte Beatrice, bei der der Padrone offensichtlich auch in dieser Angelegenheit Hilfe gesucht hatte, ihr zureden und sie daran erinnern, daß Pietro auf sie warte.

Die Frau umarmte sie weinend, mit einer Zärtlichkeit, die Ghìsola unter Tränen lächeln ließ.

Pietro, der sich fern von der Haustür postiert hatte, hoffte bei jedem Schritt, den er hörte, daß es Ghìsola sei; endlich sah er sie.

Sie wechselten kein Wort miteinander: Zwischen ihnen stand eine Art respektvoller Feindseligkeit. Sie ließ ihren Blick schweifen: Und er folgte ihren Augen, die ihn mieden, obgleich sie ihn dennoch zu sehen schienen. Im Verlauf der wenigen Worte, die sie sich schließlich sagen mußten, fühlten sie jedoch, wie ihre Zurückhaltung schwand.

Als die Trambahn hielt, stiegen sie ein.

Ghìsola trug einen Strohhut, der nur mit einem schwarzen Samtband verziert war; über dem Gesicht ein heller Schleier, und weiße Garnhandschuhe. Pietro registrierte die ein wenig plumpe Eleganz; und da sie ihn rührte, ergriff er Ghìsolas Hand. Ganz sicher würde er dafür sorgen, daß sie sich besser kleidete, wenn sie erst verheiratet wären. Aber alle sahen Ghìsola an; und er freute sich für sie.

Von der Piazza del Duomo gingen sie rasch zum Bahnhof, denn es blieb wenig Zeit bis zur Abfahrt des Zuges. Im Gedränge auf den Straßen wurden sie wieder an sich selbst erinnert und an ihre Entscheidung, und es war, als ob sie plötzlich erschreckten. Sie sahen sich in die Augen. Aber sie nahmen dennoch den Zug nach Siena; fast ohne miteinander zu reden. Erst als sich das Abteil leerte, sagte er zu ihr: »Warum nimmst du nicht den Schleier hoch?«

Und leise fügte er hinzu: »Dann sehe ich dich besser.«

Sie gehorchte; und sie setzten sich einander gegenüber.

»Wenn du dich ausruhen willst, setze ich mich neben dich. Möchtest du den Kopf an meine Schulter lehnen?«

»Nicht nötig.«

Sie fühlten sich befangen, in ihren Blicken wie in ihren Herzen, die ihnen schwer waren.

Die Landschaft flog vorbei – und flog zu schnell! Pietro schien es, als fliehe sie ihn und wolle ihn nicht mehr verstehen; ja als mache sie ihm Vorwürfe. Und da hatte er noch mehr das Bedürfnis, Ghìsola zu lieben.

Doch mit dem schwindenden Tag klang auch sein Überschwang ab: Am Morgen, in der hellen Sonne, war es ihm vorgekommen, als stünden die Waggons in Flammen; jetzt schien es ihm bei jeder Station, als hätten sie Angst, in den Geleisen steckenzubleiben, in diesem Knäuel von geraden und krummen Schienen, die ein trauriges, totes Licht ausstrahlten und in die Dunkelheit der durchsichtigen Ferne mit sich trugen. Die Landschaft wechselte wie seine Gemütszustände; aber er gehörte nicht zu ihr.

In Poggibonsi ein abfahrender Zug, der immer kürzer wurde, bis man nur noch den letzten Wagen sah; und man wußte nicht mehr, ob er stand oder fuhr: wie bei manchen seiner Traumbilder. Die Rangierwagen, die im gleichmäßigen Rhythmus ihrer Räder, eines hinter dem anderen auf demselben Geleise, hin- und herrollten, und die geduldigen Waggons eines roten Güterzuges, versiegelt und mit den weißen Ziffern darauf, brachten ihn fast zum Weinen. Alles zerrte an seiner Seele, erdrückte sie!

Er fühlte sich ganz und gar allein und verlassen, und er dachte nicht mehr an Ghìsola, die ihm gegenübersaß und ihn mit wacher Neugier betrachtete; und ihre Augen waren von faszinierender Unbeweglichkeit.

Als er sie, nach einem Seufzer, endlich so schauen sah, rief er: »Heute liebst du mich mehr!«

Sie fixierte ihn voller Verachtung, senkte aber rasch die Lider, um den Blick zu verbergen: Es war ihr, als würden sie ihr von der Seele weggerissen.

Ohne zu verstehen, wartete der junge Mann, daß jetzt sie etwas sage.

Da ließ ihn Ghìsola neben sich setzen; und sie hielten sich bei der Hand.

Das Ein- und Aussteigen der Menschen, die Bahnhofssignale erhöhten ihre Verdrossenheit.

In Siena lehnte sie es ab, zu ihrer Tante zu gehen.

»Aber warum willst du denn nicht?«

»Die wird wieder alles mögliche wissen wollen: Ich mag den anderen nichts von mir erzählen.«

Sie brachte es fertig, so zu leben, wie sie wollte! Pietro erschien sie stark und unabhängig. Doch um sich zu vergewissern, daß sie damit auch nichts vor ihm verbergen wollte, sagte er zu ihr: »Das ist nicht recht von dir: Immerhin ist es deine Tante.«

»Und wenn ich ins Hotel ginge?«

»Wenn man dich da allein sähe, könnte man schlecht von dir denken.«

»Und du weißt nicht, daß ich nur dir gehöre?«

Sie insistierte in einem fast kindlichen Ton, schnitt Gesichter und schlug ihm mit dem Fächer auf den Arm: »Komm, erfüll mir diesen Wunsch. Alles muß immer nach deinem Kopf gehen. Nicht wahr, heute abend erfüllst du deiner Ghìsola ihren Wunsch?«

Sie mußten sich entscheiden, denn der Weg bis zur Trattoria war kurz, und es wurde bereits dunkel.

Hinter der Basilika San Francesco sahen sie eine tief hängende Wolkenreihe vorbeiziehen, als ob es irgendwo brennen würde. Ein Passant verlangsamte seinen Schritt, um die beiden zu mustern, und daraufhin gingen sie schneller. Zu ihrer Linken zeichnete sich ein Teil von Siena ab, mit der Kirche Madonna di Provenzano. Alle Häuser wirkten zu dicht aneinandergedrängt.

Ohne daß sie es merkten, hörten beide auf zu reden. Die Via Vallerozzi sah aus wie eine Treppe von breiten Dächern, die sich bis zum alten Felsen der Salimbeni hinaufzog, dessen Vorsprung im Schatten einer riesigen Tanne lag. Dahinter, ohne daß man genau hätte sagen können wo, die Spitze der Torre del Mangio, und noch weiter weg die Kuppel von Madonna di Provenzano, wie eingebettet in einen gleichmäßigen Häuserring. Die Dächer der drei Straßen dagegen, die sich an der Porta Ovile miteinander vereinen, fallen von oben her ab, alle nach einer Seite hängend, als könnten die Häuser nicht gerade stehen. In einem kurzen Stück erinnerte eine dieser Straßen an einen Felsenschlund; und eine Frau, die dort stand, schien ganz darin eingeschlossen.

Alle diese verwinkelten Dächer wurden immer niedriger; und auf das unterste Haus stützte sich die ganze Reihe der anderen.

Pietro, aus seiner Zerstreutheit auffahrend, schüttelte Ghìsola an der Hand und fing wieder an: »Entschuldige, wenn ich das nicht will ... Aber hör auf mich.«

Sie wurde ungeduldig und blieb wiederum stehen.

»Hör zu ... Ich hab' gedacht, ich bring' dich zum Essen zu meinem Vater. Ich hab' ihm gesagt, ich würde nach Poggibonsi fahren, wo ich einen Freund habe. Und ich werde ihm erzählen, daß ich dich im Zug getroffen hätte.«

Ghìsola wartete, bis ein Vorübergehender aufhörte, sie anzustarren, ehe sie erwiderte: »Und wird er uns glauben?«

Schon die Neugier der Passanten ging ihnen auf die Nerven.

»Bestimmt!«

Ghìsola blieb lange mit gesenktem Kopf stehen, nicht um zu überlegen, sondern um sich zu zwingen, an nichts anderes zu denken. Schließlich sagte sie: »Das gefällt mir nicht besonders.«

Sie schwiegen, weil sie fühlten, daß sie nahe daran waren, sich zu streiten. Nach einem Schweigen, einem von denen, die alles hörbar werden lassen, hakte er Ghìsola schließlich unter und führte sie bis vor die Tür der Trattoria.

Als Domenico sie hereinkommen sah, begrüßte er Ghìsola, aber ohne auf sie zuzugehen; und für den Augenblick glaubte er sogar Pietros Geschichte, der im übrigen noch nie gelogen hatte.

Rebeccas Mann blieb, einen Teller in der Hand, stehen und sagte zu dem Mädchen: »Sobald ich die Herrschaften bedient habe, sag' ich deiner Tante Bescheid.«

Ghìsola, der aufging, daß die Verwandte ihr als Vorwand für ihr Kommen dienen könnte, dankte ihm.

Domenico begab sich, nachdem er Ghìsola lächelnd betrachtet hatte (nicht mehr wiederzuerkennen, seit sie von Poggio a' Meli weggegangen war!), gut aufgelegt in die Küche; und als ob es sich um normale Gäste handelte, bestellte er mit lauter Stimme ein Abendessen für Pietro und Ghìsola. Aber um keinen Zweifel aufkommen zu lassen, setzte er hinzu: »Die bezahlen nicht!«

Ghìsola lachte ungezwungen; und es störte nur ihren Stolz, daß Domenico sie als das behandelte, was sie war; aber auf Pietro war sie wütend. Er war kein bißchen gewitzt und galt bei sich zu Hause gar nichts!

Um zu demonstrieren, daß sie es nicht nötig habe, in der Trattoria zu essen, wollte sie sich nicht zu Tisch setzen. Aber Pietro beschwor sie leise, es gut sein zu lassen; und er versprach ihr, daß die Dinge am nächsten Tag geklärt würden.

Domenico, der, die Hände in der Tasche und den Kopf gesenkt, zwischen der Küche und dem Raum, in dem sie saßen, hin- und herging, ohne sie jedoch jemals anzusehen, verließ schließlich das Haus, um sich bei seinem Freund, dem Gewürzhändler, Luft zu machen: Ein Sohn durfte seine Geliebten nicht einfach ins Haus bringen – selbst wenn man ihm zubilligen wollte, über die Stränge zu schlagen, jetzt, da er jung war. Aber der Drogist lachte über seinen Zorn und sagte, er solle Pietro doch sein Vergnügen lassen, zumal das Mädchen ja wirklich hübsch sei.

Ghìsola hob beim Essen kein einziges Mal den Kopf; und es schien, als habe sie kaum Appetit. Aber Pietro trat ihr leicht auf den Fuß und sagte ein paar Worte, um sie aus ihrer Verstimmung zu locken. Danach ließ er sie allein in der Trattoria, damit sie sich mit ihrer Kusine

Rosaura unterhalten konnte, neben der Speisekammer, wo es ein wenig dunkler war. Und in Rosauras Begleitung ging Ghìsola zur Tante und tischte ihr eine Reihe geschickter Lügen auf, mit der unschuldigsten Miene von der Welt. Rebecca sagte zu ihr: »Heut nacht kann ich dich hier nicht unterbringen. Du schläfst bei deiner Kusine, wenn der Padrone nichts dagegen hat.«

Ghìsola ging wieder ins Lokal hinunter, neugierig, wie die Sache ausgehen würde!

Es war schon bald Mitternacht, und die Tische in der Trattoria abgedeckt. Die Köche dösten, an den Hackklotz gelehnt. Die Herdfeuer gingen aus: als ob auch die Glut einschlafen wollte. Alle Lampen waren heruntergedreht; und in der Trattoria hing der widerliche Geruch aus dem Gemisch so vieler Gerichte.

In einem Korb neben dem Ausgang lagen die Obstschalen und Speisereste.

Mit einemmal wurde die Nacht noch dunkler, und es regnete für ein paar Minuten: einer jener Regen, die sofort unsere Unzufriedenheit aufquellen lassen, wie jene, die die Abfälle auf den Feldern zum Gären bringen.

Ghìsola, von Müdigkeit und Schlafbedürfnis übermannt, hatte das Gefühl, als regne es auch in ihrer Seele, doch ohne daß alles, was darauf lastete, weggeschwemmt würde. Und sie hatte nach wie vor die Empfindung, zu ersticken.

Ein paar lautlose Blitze zuckten zwischen den Wolken.

Da war es ihr, als habe sie diesen Regen schon einmal im Traum erlebt. Doch sie vermied es, dem nachzuhängen, um lieber auf das zu achten, was um sie herum vorging und was man ihr sagte.

Domenico, der auf dem Kanapee aufgewacht war, auf dem er seit einiger Zeit mindestens zwei Stunden zu schlafen pflegte, ehe er zu Bett ging, befahl: »Sperrt die Türen zu.«

Sein Unmut war offensichtlich, so daß Rosaura nur ungern sagte: »Ich geh' in die Wohnung hinauf, um Bettwäsche für Ghìsola zu holen.«

Domenico sagte weder ja noch nein; und er wandte sich ab, als Ghìsola, während sie rasch an ihm vorbeiging, ihm fast herausfordernd eine gute Nacht wünschte.

Rosauras Kammer war so niedrig, daß man vom Bett aus einen der Deckenbalken berühren konnte. Ein ganz schmales Fenster in der mehr als meterdicken Mauer ging auf einen engen Hinterhof, der auch im Sommer feucht war.

Nachdem sie die Laken ausgebreitet hatte, fragte Ghìsola, während sie sich die Jacke auszog: »Wo schläft Pietro?«

»Immer noch in demselben Zimmer wie als Kind. Möchtest du ihn vielleicht besuchen? Was für volle Arme du hast!«

»Fühl mal, wie dick ich geworden bin!«

Ghìsola ließ sich in die Hüfte kneifen; und dann ging sie.

Da sie im Haus noch gut Bescheid wußte, fand sie ihren Weg fast tastend, sie durchquerte das Vestibül und dann den Salon, in dem es durch das elektrische Licht von der Straße nicht ganz so dunkel war.

Pietros Tür stand offen, denn Domenico mußte hier durch, um in sein Zimmer zu kommen. Sie sah das Tischchen mit den Büchern darauf, die Kommode mit dem Spiegel, der schimmerte. Und sie ging weiter zum Bett, das an der Wand stand: Pietro schlief.

Da beugte sie sich zu ihm hinunter und fing an, ihn auf den Mund zu küssen. Pietro überlief ein Schauder, ohne daß er richtig wach geworden wäre; und er rief laut: »Das bist du, Ghìsola!«

Pietro wusste sich gewisse Abneigungen Ghìsolas gegen die Verwandtschaft nicht zu erklären; er sah in ihnen bloße Launen. Aber er beklagte sich bei Rebecca darüber und empfahl ihr, die Nichte zurechtzuweisen. Er sagte auch: »Sie muß zumindest lesen lernen; das hat sie mir versprochen.«

Aber Ghìsola verstand es, eine Sache dadurch in Vergessenheit zu bringen, daß sie mit einer anderen daherkam.

Sie hatte es sich in den Kopf gesetzt, von Domenico, der Trattoria und allen, die dazugehörten, gekränkt worden zu sein – und daß sie deshalb so schnell wie möglich von dort weg wolle. Schon am Morgen nach ihrer Ankunft hatte sie zu Pietro gesagt: »Und du glaubst wirklich, daß ich bei deinem Vater bliebe – selbst wenn er mich haben wollte?«

Pietro wußte, daß er ihr nichts versprechen konnte, und sagte: »Sobald auch er sich davon überzeugt hat, daß alles, was über dich geredet wird, nur leeres Geschwätz ist, wird er dich respektieren. Warum sollte er dich nicht respektieren? Warum sollte er nicht einverstanden sein, daß du meine Frau wirst?«

Und er faßte sie am Arm; aber sie wußte wohl, daß das immer unmöglicher würde, und erwiderte: »Er haßt mich. Und er will nicht, daß wir uns gern haben. Weißt du nicht mehr, daß er mich von Poggio a' Meli weggeschickt hat, weil er merkte, daß wir uns schon damals gern hatten?«

Alle seine Pläne erschienen ihm nun ebenso lächerlich, wie sie ihm ehemals ernsthaft erschienen waren, einer mehr als der andere; und er kam zu der Überzeugung, daß er Ghìsola gehen lassen müsse, wohin sie wolle: Er bekam Gewissensbisse, daß er sie nach Radda schickte! Und er wagte nicht einmal mehr, ihren Arm zu halten.

Ghìsola, die wußte, daß sie nicht länger als zwei oder drei Tage dableiben konnte, nahm nichts mehr ernst; und sie ließ Domenico sofort ausrichten, daß sie weggehen würde. Von Pietro begleitet, ging sie nach Poggio a' Meli zu den Großeltern; und so setzte sie ihren Fuß nicht mehr in die Trattoria.

Die Olivenbäume hatten einen schönen weißen Einschlag bekommen, der durch den Schimmer der Glühwürmchen noch verstärkt wurde. Über den schwarzen Hügeln des Chianti-Gebiets dagegen zuckten Blitze wie Linien dickflüssigen Lichts.

Ghìsola saß allein auf dem Mäuerchen der Tenne. Masa und die übrigen Landarbeiterfrauen, im Mondschein, brachten sie fast zur Weißglut. Und es kam ihr vor, als ob der Mondschein an den Kleidern der Frauen klebe und sie ihn mit sich zögen, wenn sie sich bewegten. Nur weg von diesen Weibern, so schmutzig, wie auch sie einmal gewesen war; sie sollten sich nicht einmal daran erinnern, daß es sie gab!

Mit einem nervösen Zucken streckte Ghìsola sich auf dem Mäuerchen aus. Sie starrte auf einen Stern, der größer war als die anderen; und es schien ihr, als bewege er sich im Kreis und springe plötzlich dahin und dorthin: Sie hatte das Gefühl, ihre Schläfen zerrissen mit seinen Bewegungen.

In der Furcht, verrückt zu werden, schüttelte sie wie wild den Kopf und rieb sich die Augen.

Später gingen die Frauen ins Haus zurück; und da

setzte sie sich wieder auf und blickte zu den Türen der Wohnungen hinüber: Fast der halbe Vorplatz, bis hin zum Ziehbrunnen, und ein Gewölbe, unter dem ein Karren stand, lagen im Schatten; aber ihr kam es vor, als seien das nur die Farben anderer Schatten.

Das Mäuerchen war dasselbe, auf dem sie sich ganze Tage lang mit irgendeiner Freundin damit vergnügt hatte, die Fliegen auf den Knien zu fangen. Und wie hatten sie zusammen gelacht, wenn jemand auf der Straße vorbeiging.

Der Ziehbrunnen flößte ihr Angst ein; als wollte er sie und den ganzen Mond hinunterziehen, ins Wasser. Dann kam ihr der Gedanke, daß dieses Licht auch auf ihrem Gesicht lag, und sie verbarg es in den Händen und blieb so sitzen.

Kurz darauf hörte sie jemanden auf der Tenne zu ihr herkommen: mit Sicherheit ging er barfuß. Aber sie rührte sich nicht; sie bildete sich ein, sich nicht mehr rühren zu können, obwohl sie wußte, daß es nicht stimmte. Da setzte sich Carlo neben sie; er hustete erst, und eine Sekunde später legte er seine Hand auf ihre Brust.

Ghìsola stand auf, ohne ihn anzusehen, lachte und ging ins Haus.

Carlo war es, als habe er nur dieses Lachen gesehen und nicht das Mädchen.

Wenig später erschien Pietro am offenen Gittertor; und ehe er zu Giacco hineinging, blieb er stehen, um den Mond zu betrachten, der gerade aus den Fenstern auf der Rückseite der Häuser hervorgekommen zu sein schien.

Er dachte auch daran, daß die Landarbeiter seine

Liebe zu einem Bauernmädchen, zu einer ihresgleichen, doch bewundern müßten.

Er ging mit Ghìsola den Feldweg entlang, der von der Tenne zu jenem Kirschbaum führte, unter dem sie vor Jahren miteinander gesprochen hatten. Die Erinnerung schien noch in seinen Zweigen zu hängen.

Ghìsola war erregt und bereit, sich ihm ganz hinzugeben. Sie war drauf und dran, ihm zu sagen: »Merkst du denn überhaupt nichts?« Aber Pietro befand sich in einem Zustand der Ekstase, die immer noch größer wurde. Fast schien es ihm, als bewege er sich im Traum. Er sagte: »Warum siehst du mich nie richtig an?«

Tatsächlich sah sie immer nur flüchtig zu ihm hin, und am liebsten hätte sie ihn einfach stehenlassen. Doch sie nahm sich zusammen, wie vorhin, als sie auf dem Mäuerchen gelegen hatte, und blieb stehen, um auf seine Art und Weise den Himmel zu bewundern. Er glaubte ihr und rief: »Eine solche Nacht sehen wir nie wieder! Die Sterne leuchten auch in deinen Augen. Ich seh' sie darin!«

Und er küßte sie lange. Sie schüttelte den Kopf, während sie sich ihm entzog. War er denn verrückt? Er zwang sie noch einmal stehenzubleiben; und er schrie vor Glück. Ghìsola, fiebernd vor Begierde, war wie eine Amphore, die einen Sprung bekommen hat und dabei ist, ganz auseinanderzubrechen. Und sie konnte sich nicht enthalten zu sagen: »Wenn du ein Mann wärst!«

Pietro antwortete ihr, als sagte er es zu sich selbst: »Ich liebe dich!«

Und da auch seine Ekstase in Sinnlichkeit umzuschlagen drohte, wollte er umkehren: Ghìsola durfte nichts davon merken!

Masa wartete oben am Weg, die Hände in die Hüften gestemmt, unruhig wegen der anzüglichen Späße der

Landarbeiter, die um die Tenne herum saßen. Giacco hatte sich ins Haus verkrochen, ärgerlich, daß er das Öllämpchen so lange brennen lassen mußte, gegen das ein fingerdicker Nachtfalter anschwirrte. Das immer wieder einsetzende Geräusch seiner Flügel ließ Giacco den Kopf heben und zur angelehnten Haustür schauen.

Pietro und Ghìsola ließen einander los, als sie in die Nähe der Tenne kamen; Masa sagte leise: »Geht nicht zu weit fort.«

Die Landarbeiter verstummten, nicht zuletzt auch aus Rücksicht auf den jungen Herrn; und man sah ihre Gesichter, die im Mondschein ganz flach aussahen.

Die Stützstange für den Strohschober lehnte vergessen an einer Linde.

Ja, in Poggio a' Meli war es schön!

Hinter dem Hoftor nahmen sich die beiden jungen Leute wieder bei der Hand.

Die zahllosen Glühwürmchen zwischen den blassen Wipfeln der Olivenbäume schienen immer noch mehr zu werden: diese Glühwürmchen, die manchmal an den Händen kleben blieben, als wären sie gummiert.

Sie fingen wieder an, sich zu küssen: Ghìsola an den hölzernen Zaun gelehnt und er an sie gedrückt; verborgen im Schatten der Hecke. Aber plötzlich bemerkte Pietro, daß Ghìsolas Hüften sich wollüstig bewegten. Und er rückte von ihr ab und machte ihr Vorwürfe.

Masa, immer ungeduldiger, nachdem sie mitten auf der Tenne gestanden und sich den Mund zugehalten hatte, um den Landarbeitern nicht herauszugeben, denen sie wider Willen doch zuhörte, rief genau in diesem Augenblick; und Pietro und Ghìsola gingen zum Haus zurück.

Einer der Landarbeiter kratzte sich, von unwiderstehlicher Heiterkeit erfaßt, den Kopf. Carlo, vornübergebeugt, die Hände auf den Knien, grinste jedesmal, wenn er einen Blick auf Masa geworfen hatte; und es kam ihm vor, als hielte er das, was er berührt hatte, in der Hand.

Das Gerede darüber hielt sich länger als einen Monat.

Carlo wartete noch ein wenig unter seiner Haustür, um aufzupassen, wann Ghìsola Pietro auf den Weg brachte; denn es schien ihm nicht recht, zu Bett zu gehen, ohne mit ihr gesprochen zu haben.

Doch Ghìsola machte der kleinen Tochter eines Landarbeiters den Vorschlag, mit ihr Pietro bis zu den Häusern vor dem Stadttor zu begleiten; dann bräuchte sie den Weg zurück nicht allein zu machen.

Die beiden gingen Arm in Arm, während das Mädchen, das nicht wagte, ihnen zu nahe zu kommen, sich in gebührendem Abstand hinter ihnen hielt. Aber wenn sie sich umschauten, sahen sie, wie es fasziniert und aufgeregt lächelte; schließlich mit fast krampfartigen Zuckungen.

Ehe sie sich trennten, tauschten Pietro und Ghìsola weitere Küsse. Da warf sich das Mädchen, das sich beide Hände vors Gesicht gehalten und zwischen den Fingern hindurchgeblinzelt hatte, mitten auf die Straße und wälzte sich im Staub. Und es schrie, als wäre es allein: »Oh, oh, was tu ich da!«

»Zieh dich an.«

Nachdem Pietro Ghìsola mit bloßen Armen in der Schlafkammer angetroffen hatte, wollte er, daß sie rasch wieder in ihr rotes Jäckchen schlüpfte, und wartete solange, ehe er sie küßte. Dann sagte er: »So gefällst du mir besser. Anders hätte ich dich nicht küssen können. Das weißt du doch!«

Sie sollte die Kutsche nach Radda nehmen.

Die Dinge waren immer noch auf dem gleichen Stand: Domenico hatte sich schließlich überhaupt nicht mehr um Pietro und Ghìsola gekümmert und es verstanden, sich zusammenzunehmen, überzeugt, daß die Zeit für ihn arbeiten werde; und die anzüglichen Redereien waren nicht entkräftet worden: Pietro hatte keine Möglichkeit gesehen, die Hochzeit voranzutreiben.

Masa ging hinaus und kam wieder herein und warf einen Blick auf die beiden und dann auf den Vorplatz, um zu sehen, ob die Landarbeiter nicht neugierig herumstünden. Mehr denn je fürchtete sie ihre bösen Zungen, und sie konnte es aus Rücksicht auf den Padrone kaum erwarten, bis Ghìsola abreiste.

Sie fand, es stehe ihr nicht an, daß ihre Enkelin Pietros Frau werden sollte: Das war etwas, das jeden ihrer Wünsche überstieg! Sie wagte nicht einmal, Gott dafür zu danken, denn sie fürchtete, er müsse sie für ihre zu große Genugtuung bestrafen; und außerdem: Zuerst wollte sie ganz sicher sein! Schon bei anderen Gelegenheiten hatte sie gesagt: »Man darf den lieben Gott um nichts bitten, was einem nicht zusteht.«

Pietro reichte Ghìsola den Kamm, dann knöpfte er ihr die Jacke an den Schultern zu. Nach dem letzten Knopf drehte sie sich um und ließ sich noch einmal küssen.

Und da noch viel Zeit blieb, streckte sie sich auf dem Bett aus, in dem sie als Mädchen geschlafen hatte. Ihr Gesicht wurde hart, bis es schließlich den Ausdruck unheilvoller Angst annahm. Sie wies alle Zärtlichkeiten Pietros zurück; sie wollte nicht mehr geküßt werden, sie antwortete ihm nicht einmal mehr, was immer er auch zu sagen versuchte: die Augen verdüstert und unruhig, die Lippen aufgeworfen vor Zorn.

Masa sagte: »Ist dir nicht gut? Was hast du?«

Ghìsola drückte den Kopf nach hinten, so daß ihr Hals fast steif wurde. Pietro nahm ihre Hände: »Es ist nichts. Das geht vorbei. Aber was hast du denn? Laß sie in Ruhe, Masa.«

Ghìsola sah beide an, zuerst Pietro, dann Masa. Pietro küßte sie auf die Füße: Sie verbarg sie unter dem Rock. War es der Kummer, daß sie fort mußte? Aber es erinnerte an frühere Male, als er schon zufrieden gewesen war, etwas anfassen zu können, was ihr gehörte: ein Band, eine Nadel, und auch ihren silbernen Armreif. Und es war ihm unmöglich, sich einzugestehen, daß sie mit einem anderen als mit ihm eines ihrer Sächelchen hätte teilen können!

Ghìsola hätte sich am liebsten überhaupt nicht mehr gerührt: Sie glaubte, auf unabsehbare Zeit so verharren zu müssen, vielleicht für immer.

Wie Pietro und Masa so um sie herum waren, jagten sie ihr einen Schauder über den Rücken, und sie hatte gute Lust, mit den Füßen nach ihnen zu treten.

Als Pietro sie drängte, aufzustehen, weil sie sonst die Kutsche versäumen würde, überkam sie wieder der Wunsch, zu zärtlichen Worten zurückzukehren; und ihr Mund verzog sich zu einer bösen, aber graziösen Grimasse.

Sie beruhigte sich, je näher sie der Stelle kamen, an der die Postkutsche anhalten mußte. Ihre Beine gaben beim Gehen nach, und bei jedem Schritt schlug ihr der Sonnenschirm gegen das Knie. Auf Masa und Pietro gestützt, hatte sie fast den Ausdruck eines kleinen Mädchens.

Masa dachte immer noch an die Landarbeiter und an die Wohnung, die sie hatte offenstehen lassen; und sie schaute zurück, mit verzogenem Mund.

Die Kutsche hatte Verspätung. Da ging die Alte weg,

die Hände über dem Bauch gefaltet, nachdem sie noch gesagt hatte: »Hoffen wir, daß alles gut ausgeht.«

Aber Ghìsola sagte ihr nicht einmal auf Wiedersehen. Und sie rückte auch von Pietro ab, der den Blick nicht von ihr wenden wollte.

An den Fenstern des Palazzo dei Diavoli zeigte sich niemand. Auf dem Herweg hatten sie auf der Tenne eines Bauern einen Berg voll Korngarben gesehen. Und es war gewesen, als ob das Sonnenlicht vom Dach des Hauses herabströme und auf der Erde in einem Flammenkreis zurückgeworfen würde.

Aber von dort, wo sie standen, sahen sie auf dem Gipfel eines hohen Hügels die Villa Vico Bello zwischen ihren von einer Mauer umschlossenen Bäumen: Der ganze Hügel war grün von Maisfeldern, gegen die die Olivenbäume wie farblos und durchsichtig wirkten. Die Rebzeilen wuchsen um ihren eigenen Schatten.

Ein Bettler saß auf den Stufen der Kapelle, in deren Schatten auch sie standen: Sie machten sich gegenseitig auf ihn aufmerksam, lächelnd, daß sie den gleichen Gedanken gehabt hatten. Und sie warteten darauf, daß er endlich anfange, das Brot zu essen, das er in beiden Händen hielt.

Die Kutsche kam. Drinnen saßen eine Frau und ein Bauer mit eingefallenem und unrasiertem Gesicht: ein kranker Mann, den seine Frau aus dem Hospital geholt hatte. Er hatte ein zusammengeknüpftes rotes Tuch neben sich, voll von Arzneien; auf den Knien der Frau lag ein grauer Schal, den man ihm am Abend umbinden würde. Der Mann hatte trübe Augen, und er schien sich unbehaglich zu fühlen: als ob es ihm nicht recht sei, daß die Kutsche hielt, und er eine Störung erwarte.

Die zum Schutz gegen die Sonne zugezogenen Vorhänge blähten sich.

Das Pferd hatte mit einer jähen Bewegung angehalten, in den Hinterbeinen abknickend. Es war lang und dürr: eines von denen mit hohem Kopf und gewaltigen Kiefern. Unter dem Geschirr, auf dem die Messingbeschläge funkelten, sah man die Rippen, die sich beim Atmen weiteten. Ein Haferhalm, der im Gebiß stecken geblieben war, hing ihm noch zwischen den faltigen Lippen. Es stand gegen die Deichselstangen gelehnt. Es stank nach Schweiß.

Pietro öffnete den Wagenschlag mit dem Postwappen darauf. Ghìsola stieg ein, den Kopf gesenkt. Dann gab sie zu verstehen, daß sie geküßt sein wollte; und Pietro küßte sie, aber lieber hätte er zu ihr gesagt: »Das gehört sich hier nicht!« Sie lächelte im stillen über ihn, während sich die Kutsche in Bewegung setzte.

Nachdem Ghìsola einen Blick auf die beiden Mitreisenden ihr gegenüber geworfen hatte, als hätte sie sie zuvor überhaupt nicht bemerkt, senkte sie wiederum den Kopf und erbleichte: Ein stechender Schmerz der beginnenden Mutterschaft hatte sie durchfahren.

Pietro wartete in fast tödlicher Angst vergeblich darauf, daß sie sich noch einmal umwende.

GEGEN SEPTEMBER besuchte er Ghìsola in Radda.

Das Dorf, dessen Häuserhaufen man schon aus ein paar Kilometern Entfernung hinter einem Wald auf einer Hügelkuppe gelegen sieht, ist so still, daß man es von der Straße aus hört, wenn in den Häusern geredet wird.

Pietro war bis Castellina im Wagen eines Bekannten mitgefahren, der ihn am Abend wieder mit nach Siena nehmen wollte.

Von dort nach Radda ging er zu Fuß. Er durchquerte den Wald: Zwischen den Felsbrocken und den Wacholderbüschen und unter den Eichen stieg immer wieder der Geruch auf, den eine Schafherde hinterlassen hatte.

Er sah den blaugestrichenen Bildstock am Rand der alten, aufgelassenen Straße: dahinter drei schmächtige Zypressen mit knorrigen Stämmen. Und auf den Überresten der Mauer, die hier einst ihren Ausgang genommen hatte und nun nach wenigen Metern völlig verfallen war, wucherte der Efeu neben einem großen Weißdornbusch.

Rings herum die schönen Wälder der anderen Hügel, immer geschlossener und dichter, von einer Färbung, die zunehmend lichter und zuletzt fast durchsichtig wird.

Er kam durch Poggiarofani, einen Ort, in dem die Schafhirten Rast machen, wenn sie dort oben durchziehen. Hier verläuft die Straße höher als anderswo, gewunden, ansteigend und wieder abfallend; auf der einen Seite der aretinische Apennin, auf der anderen der Monte di Santa Fiora, jedoch so fern, daß sie wie aus Luft erscheinen, wie der Horizont.

Die Vögel, die unvermutet aus den Tälern zu beiden Seiten aufstiegen, streiften ihn beinahe. Und als wüßten sie nicht, wohin sie ihren Flug lenken sollten, verschwanden sie schräg abwärtsgleitend wieder in der Tiefe.

Als Pietro erschöpft und überreizt in Radda ankam, war er von einem Überschwang erfüllt, der hin und wieder abklang; und dann tauchten vor seiner Seele erneut alle Widerwärtigkeiten auf: Er wußte, daß der Vater ihn schlecht behandeln würde und daß fast alle dächten, er besuche Ghìsola, weil er ein Verhältnis mit ihr habe.

Hinter den ersten Häusern ließ er eine Kutsche an sich vorbei, die vor lauter Staub ganz weiß war.

Eine Frau, die ihn, nachdem sie ihn einmal entdeckt hatte, nicht mehr aus den Augen ließ, während ihr Krug unter der Röhre des Brunnens überlief, fragte er nach Ghìsola. Und er erfuhr, daß sie im Haus von Lucia, ihrer älteren Schwester, wohne, die sich verheiratet hatte. Er ließ sich die Tür zeigen; und da er sie offen fand, stieg er hinauf, ging dann aber noch einmal hinunter, um anzuklopfen.

Schon hatten sich drei andere Frauen auf der Gasse eingefunden, um herauszubringen, wer er sei. Und um sich ihren Blicken zu entziehen, stieg er nun endgültig hinauf, ohne eine Aufforderung abzuwarten.

Lucia, die er einmal in Poggio a' Meli gesehen hatte, kam ihm oben auf der Treppe entgegen. Und ohne sie auch nur zu grüßen, fragte er: »Wo ist Ghìsola?«

Wäre Lucia nicht die Schwester gewesen, so hätte er seinem Ärger freien Lauf gelassen, daß sie ihm das nicht gleich von selbst gesagt hatte – als ob sie nicht wisse, daß er Ghìsola liebte.

Lucia, der seine Ungeduld nicht entging, antwortete: »Sie ist oben.«

Und er sagte voll Zorn: »Dann hol sie... nein, ich geh' selbst.«

Aber Ghìsola kam bereits von selbst, nachdem sie ihn gehört hatte. In den wenigen Tagen war sie sonnenverbrannt geworden; und sie trug einen aufgerissenen Rock, der auf dem Boden schleifte.

Da beide schweigend dastanden und sich ansahen, ging Lucia wieder in die Küche, um das Essen vorzubereiten.

»Warum bist du nicht bei deinen Eltern?«

Ghìsola schaute ihn immer noch an, ohne zu antworten. Dann fragte sie mit aufrichtiger Verwunderung: »Du liebst mich noch immer?«

Beunruhigt sagte er: »Warum fragst du mich so? Weshalb sollte ich dich nicht mehr lieben?«

Und er drehte ihr fast das Handgelenk um: Sie, die Augen starr zu Boden gerichtet, ließ es geschehen, ohne sich darum zu kümmern.

»Du sollst nicht in diesem Aufzug herumlaufen... Wenn dich einer sieht?«

Und um ihre Antwort zu hören, wiederholte er: »Wenn dich einer sieht?«

Da Ghìsola gekränkt zu sein schien und schwieg, reute es Pietro, wie wenn man ein Tier geschlagen hat und dann merkt, daß man keinen Grund dazu hatte.

»Man sieht deine Beine... der Rock ist offen.«

Diese Worte, die er eigentlich gar nicht hätte sagen wollen, brachten ihn fast zum Weinen. Und um der sinnlichen Versuchung zu entgehen, faßte er Ghìsola am Arm und schob sie in ihr Zimmer. Sie wollte sich ihm entwinden: Da riß der Rock endgültig; und er sah ihre Hüfte. Sie wurde rot. Er barg ihr Gesicht, indem er sie umarmte, damit sie sich nicht vor ihm schämen sollte!

»Ich habe dich gesehen... das wollte ich nicht.«

Sie hielt mit einer Hand den Riß zu – und wäre doch bereit gewesen, sich das ganze Gewand auszuziehen; und sie sagte: »Laß mich.«

»Warum also läufst du so herum?« fragte Pietro noch einmal, den es reute, sie gerade in diesem Moment umarmt zu haben.

»Ich tue, was mir paßt. Warum bist du überhaupt nach Radda gekommen? Wirklich meinetwegen? Es gibt doch noch andere Mädchen! Willst auch du dich mit mir anlegen?«

»Du verschweigst mir heute etwas!«

»Wenn es nach dir geht, hab' ich immer etwas zu verschweigen.«

»Stimmt es vielleicht nicht? Hab' ich dir jemals grundlos Vorwürfe gemacht?«

Die Kehle schnürte sich ihm zu, und er hätte selbst gern damit aufgehört.

»Aber wenn ich dir nicht passe, warum...«

»Weil ich dich liebe, weißt du das nicht?«

Da fing sie zu lachen an, immer lasziver. Er fuhr fort, und seine Lippen wurden immer trockener: »Wenn ich dich nicht liebte... würde dir das vielleicht gar nichts ausmachen?«

Und überrascht durch ihr Schweigen, fügte er hinzu: »Ich verzeihe dir. Gib mir einen Kuß.«

Sie drehte sich zu ihm hin, mit einer langsamen und verschämten Bewegung, fast als fürchte sie, ihm zuviel zu gewähren. Dann, als sie kurz davor waren, sich zu küssen, wich sie zurück. Pietro hob ihr Gesicht, das sie hartnäckig gesenkt hielt, und sagte: »Nicht weinen.«

Er fürchtete sich, dieses von innen her kommende Zittern der Lippen sehen zu müssen, als ob das Weinen aus einer tiefen Quelle aufstiege. Indem er immer noch die Hände an ihre Schläfen hielt, sagte er, nachgiebiger, fast bittend, voll Verzweiflung: »Höre.«

Sie sah ihn an.

»Vielleicht willst du gar nicht mehr meine Braut sein?«

Sie sah ihn immer noch an; dann tat sie so, und es gelang ihr gut, als ob sie die Tränen hinunterschlucken müßte. Und weil sie nicht weinte, erschien sie ihm so brav, daß es ihn rührte.

Da beugte er sich herunter und küßte ihr den ganzen Hals, zwang sie, ihn anzusehen, und verlor sich in den Zauber ihrer Augen.

»Was für einen Grund solltest du auch haben, mich zu betrügen?«

Und er sagte diesen Satz mit vor Abscheu zusammengepreßter Kehle, in seiner ganzen moralischen Rigorosität.

Sie schwieg auf diesen Verdacht.

Da nahm Pietro wieder ihr Gesicht in beide Hände, ihr Gesicht, starr wie Stein, und bog es zu sich her, daß sie ihn ansehen mußte: Sie wand sich wie eine Eidechse, wenn sie kehrtmacht und flieht.

»Du hast dir gedacht, dich einfach nicht mehr sehen zu lassen?«

Sie sagte, er habe es erraten, machte ihre Hände los und wandte ihm den Rücken.

Er starrte sie lange an, verlegen.

Aber da sie Angst hatte, daß er imstande wäre, sich zu rächen, wurde sie fügsam; und sie lächelte ihm zu. Er umarmte sie und küßte sie. Und sie sagte zu ihm: »Aber du liebst nicht wirklich mich.«

Er verstand nicht; und er drängte sich an sie und fragte: »Warum sagst du immer so etwas?«

Ihm kam der kalte Schweiß; aber er bemühte sich, ruhig zu werden, indem er sie liebkoste und zu ihr sagte: »Ich liebe also nicht dich?«

Da sagte sie ruhig, ohne irgendein Gefühl: »Du wirst eine andere heiraten.«

Er wurde blaß; doch er hatte die Kraft, einige Schritte zur Tür zu machen. Da schrie ihm Ghìsola nach, um ihn zu kränken: »Das ist also deine Liebe?«

Sie bot ihm als erste den Mund; er zögerte, dann überließ er sich ganz dieser Empfindung, die ihn berauschte.

Und Ghìsola, die sich ihm hingeben wollte, um ihn nachher glauben zu machen, er habe sie geschwängert, fragte ihn: »Warum hast du mich vorher umarmt?«

Pietro wollte es ihr nicht sagen. Aber Ghìsola rief:

»Ich weiß es. Ich habe es erraten... Jetzt umarmst du mich anders! Auch du begehrst mich. Es kann gar nicht anders sein! Und wenn du willst, gehör' ich dir.«

Aber da rief Lucia aus der Küche, und sie aßen alle drei zusammen; der Mann der Schwester war nicht in Radda.

Zwei Stunden nach Mittag mußte Pietro bereits an den Aufbruch denken; und er sagte es Ghìsola. Aber sie, als hätte sie das völlig vergessen, rief voll Fröhlichkeit: »Du schläfst bei uns.«

»Mein Vater erwartet mich. Du weißt, daß er sonst noch böser wird, auch gegen dich.«

Ghìsola beharrte: »Du schläfst hier. Und ich komme und küsse dich, wie ich es neulich in Siena gemacht habe.«

Er fürchtete nun, daß sie womöglich auch zusammen schlafen könnten; und er lehnte ab. Ghìsola, die seine Gedanken erriet, fragte: »Sind wir nicht auch tagsüber beisammen, ohne etwas Böses zu tun?«

Und mit unschuldiger Miene setzte sie hinzu: »Ich schwöre dir, du wirst mich nicht anrühren, denn du willst nicht...«

»Nein, zuerst mußt du meine Frau werden. Ich selbst sage dir das, weil ich dich liebe.«

Doch sie, das Fleisch getränkt von Wollust wie ein Schwamm mit Öl, ging ins andere Zimmer und schloß die Tür hinter sich. Fast sofort war sie wieder da, während er noch überlegte, ob er auf sie warten oder weggehen sollte. Er sagte zu ihr, mit beinahe weinerlicher Stimme, die die ihre nachahmte: »Wir werden später beisammen sein. Laß uns jetzt dieses Opfer bringen. Wir müssen.«

Er hatte sie um die Taille gefaßt und schüttelte sie: »Antworte.«

Ghìsola verbarg ihr Gesicht in der Schürze und spielte die Unschuldige, so natürlich, daß sie jeden getäuscht hätte.

»Warum verbirgst du dein Gesicht? Tu es nicht. Ich will es nicht.«

Sie gingen hinunter, die Hände verschränkt; und da sie ein schüchternes und verschämtes Gesicht machte, tat sie ihm leid, und es schien ihm unmöglich, daß er sich hatte hinreißen lassen, ihr Vorwürfe zu machen.

Am Ende der Treppe lehnte sich Ghìsola an den Türpfosten. Er setzte einen Fuß auf die Straße und wartete auf ein letztes Wort; aber da sie überhaupt nicht mehr an ihn zu denken schien, sagte auch er nichts und ging mit langsamen Schritten zum Dorf hinaus. Und mehr als einmal wäre er am liebsten umgekehrt.

Ghìsola raffte sich auf und schaute auf die Stelle, wo er gestanden hatte. Und mit den Händen, mit denen sie sich an die Pfostenkante gestützt hatte, schob sie ihren Körper nach vorn. Dann ging sie ins Haus zurück.

Der Schwester gegenüber verlor sie kein Wort über Pietro.

Pietros Liebe hatte für Ghìsola die Rückkehr ihres Gewissens bedeutet. Sie fühlte, daß sie ihn betrügen müsse, um nicht von ihm gedemütigt zu werden. Je größer und verrückter diese Liebe war, desto mehr sah sie sich genötigt, sich zu verteidigen: nicht weil sie sich reinwaschen wollte, sondern weil sie verhindern mußte, daß Pietro alles erführe. Sie wollte die Stärkere sein, als die akzeptiert werden, die sie war: um auch ihn in jene moralische Schuld verstrickt zu sehen, der sie nicht hatte entrinnen können.

Wenn es ihr nach ihrer Niederkunft gelänge, sich von

ihm heiraten zu lassen, so konnte sie sicher sein, die absolute Oberhand über seinen Charakter zu gewinnen; sie war überzeugt, daß sie ihn glauben machen könne, was sie wolle!

Im Grunde aber hielt sie sich für viel besser und begehrenswerter als zu jener Zeit, in der sie nur ein dummes und armselig gekleidetes Bauernmädchen gewesen war. Sie fühlte sich auch intelligenter und gewitzter; und ihr Stolz erlaubte ihr nicht, sich einzugestehen, welch schmerzliche Enttäuschung sie Pietro bereiten würde.

Sie gedachte sich seiner lediglich zu bedienen, weil er wohlhabend war und sie aus ihren stets unsicheren Verhältnissen befreien konnte. Sie hatte Angst, alt zu werden, ehe sie echte Liebe erfahren hätte. Und daher schlug ihr Ärger über Pietros Anspruch, ihre vermeintliche Unberührtheit zu bewahren, fast in Haß um, denn sie fürchtete, entdeckt zu werden.

Sie ahnte, daß auch seine Naivität ein ernsthaftes Hindernis bedeutete und nicht bloß eine Schwäche, über die man lächelnd hinweggehen konnte. Und jeden Tag fühlte sie mehr, wie sie an Terrain verlor, weil Pietro sich immer gleich blieb: bereit, sie in seiner Anbetung zu verletzen, ohne daß er es überhaupt merkte.

Sie hielt ihn für einen Egoisten; in gewisser Hinsicht mit Recht: denn er hätte ihr nie verziehen, wenn etwas zu ihm durchgedrungen wäre. Sie durfte sich also nicht darüber freuen, daß er sie auf diese Weise liebte; aber um sich für die ständige Demütigung schadlos zu halten, dachte sie überhaupt nicht daran, ihr Leben zu ändern, solange sie nicht dazu gezwungen würde. Und doch empfand sie so etwas wie Gewissensbisse, die ihr Pietro sympathisch machten.

Tatsächlich hatte sie nie daran gedacht, daß sie schon

vom ersten Tag an offener mit ihm hätte reden müssen: bis er verstanden hätte!

Dagegen beruhigte sie sich damit, ihn immerhin nicht so weit getäuscht zu haben, daß er glaubte, sie sei durch seine Schuld schwanger geworden!

Aber sie hatte auch mit Domenico eine Rechnung zu begleichen: seinem Sohn so den Kopf zu verdrehen, bereitete ihr ein boshaftes Vergnügen.

Im übrigen brachte Pietros Anspruch sie zum Lachen, wie eine fade Geschmacklosigkeit; etwas, das ein junger Mann sich überhaupt nicht leisten durfte.

Aber was wollte er eigentlich? Warum liebte er sie und nicht irgendeine Signorina aus Siena, eine aus seinen Verhältnissen?

Auf der anderen Seite prahlte sie aber bei ihren Großeltern und allen anderen Verwandten: Sie könne jederzeit eine Signora werden, die ihr Leben lang nicht mehr zu arbeiten brauche; man müsse sich also sehr gut mit ihr stellen. Schließlich hatte sie nichts dazu getan, daß sie Pietro so gefiel und er sie nicht vergessen konnte: Domenico mußte also still sein. Es war vielmehr sein Sohn, der es ausnutzte, daß sie einmal ihre Landarbeiterin gewesen war; und sie war es, die seinem Sohn vertrauen mußte!

Zugleich erinnerte sie sich an viele Dinge aus der Zeit in Poggio a' Meli. Sie hing daran; und als sie jetzt wieder dort gewesen war, hatte sie sich über die Komplimente gefreut, die die Landarbeiterfrauen ihr machten; ein wenig zweideutige Komplimente, zugegeben, denn sie ließen erkennen, daß die Frauen ihr weder so vertrauensselig begegneten wie Pietro noch so nachsichtig wie Giacco und Masa.

In Radda hatten Ghìsolas Eltern nicht gewagt, sie zur Rede zu stellen; zumal sie am ersten Abend, als sie das

Haus betrat, erklärt hatte, sie würde sowieso gleich wieder abreisen und die Eltern dürften sich um das Gerede über sie gar nicht erst kümmern, schon weil nichts daran sei.

Doch die Eltern waren selbst stolz darauf, daß Ghìsola noch besser gekleidet ging als die Tochter des steinreichen Bürgermeisters. Die Schwestern empfanden Neid, und im stillen gestanden sie sich, daß Ghìsola wesentlich schlauer war als sie. Und da sie sie gern hatten, waren die Verwandten die ersten, die sie in Schutz nahmen.

Borio war an einer Lungenentzündung verstorben; und sein Rivale, der Verwalter, war vorzeitig alt geworden; er hatte die zwei- oder dreimal, die er Ghìsola traf, Sie zu ihr gesagt und errötend den Hut gezogen.

Auch im Dorf hatte man keine allzu schlechte Meinung von ihr; und im übrigen machte sofort das Gerücht die Runde, daß sie den Sohn des Wirts vom *Pesce Azzurro* heiraten werde.

Alle erinnerten sich zwar noch daran, wie es ehedem zugegangen war, aber sie lachten darüber, ohne es bös zu meinen; ja, sie fanden sogar, Ghìsola sei immer ein gutes Mädchen gewesen, auch wenn sie für ein paar Skandale gesorgt hätte. Und im übrigen genossen ihre ziemlich armen Eltern allgemeine Achtung.

Aber seit der Freund aus Badia a Ripoli sie verlassen hatte, lebte Ghìsola in einer gewissen Angst vor sich selbst.

Die Monate in Badia a Ripoli kamen ihr oft in den Sinn; denn dort hatte sie es genossen, frei und allein zu sein und zugleich zu wissen, daß Signor Alberto jeden Abend nach Hause käme.

Freilich, sie mußte damals außerhalb von Florenz leben, mehr oder weniger auf dem Land; aber es fehlte ihr dort an nichts. Und nach Florenz fahren konnte sie, wenn auch in Begleitung, sooft sie wollte.

Ihr Schlafzimmer war auf den Garten gegangen, der Pietro Angst eingeflößt hatte; und das Eßzimmer auf die Straße, ohne daß gegenüber andere Häuser gestanden hätten.

Dafür gab es ein Mäuerchen, über das die Kornähren schauten, und eine Zypresse, an der sich im Sommer die Winden hochrankten. Auf dem Mäuerchen, das nur mit Mörtel bedeckt war, wuchsen die Primeln und jenes gelbblühende Kraut.

Nicht weit davon glitzerte ein helles Rinnsal, in dem man die Wäsche wusch, die dann auf die Wiese gelegt wurde; neben einem von quadratischen Säulen flankierten Gittertor, auf denen sich zwei Terracottahunde anschauten.

Das Korn wurde staubig, und die Wäschestücke, die zum Trocknen ausgelegt waren, flogen durch die Luft wie die Drachen, die die Kinder auf dem Campo di Marte steigen ließen.

Vom Küchenbalkon aus brauchte sie sich nur hinunterzubeugen, um der Obstverkäuferin zu rufen; und sie konnte aussuchen, was sie wollte, denn die Obstkörbe standen direkt unter ihr. Etwas weiter weg gab es einen Lebensmittelhändler, der auch Wein verkaufte; und wenn der Wind von dieser Seite kam, trug er die Gerüche des Ladens mit sich. In den Nachbarhäusern wohnten die Familien gutsituierter Angestellter und der eine oder andere Gemüsegärtner. Und da Ghìsola für sich lebte, kam niemand auf den Gedanken, Anstoß zu nehmen.

Jetzt mußte sie Tag für Tag Geld verdienen; aber je tiefer sie in dieses Leben versank und je anstößiger es war, desto mehr wußte sie Pietro zu schätzen: gerade weil sie sich unfähig fühlte, auch nur eine Stunde so zu sein, wie er sie hätte haben wollen. Daher wurde sie immer gleichgültiger; und sie litt nicht mehr unter jenem moralischen Unbehagen, das ihr in den ersten Monaten zugesetzt hatte.

Sie war nun einmal so, und jeden Tag fand sie sich mehr damit ab; schon weil es nutzlos gewesen wäre, aufhören zu wollen.

Pietros Briefe wirkten auf sie, als ob sie an irgendeine unschuldige und brave Braut gerichtet wären. Und sie bemitleidete ihn, lächelnd.

Im September kehrte Pietro unter dem Vorwand der Wiederholungsprüfungen nach Florenz zurück; und sosehr es ihm auch leid tat, unvermeidlich Zeit zu vergeuden, empfand er es doch als gerecht, wie eine Strafe, seinen Büchern fern zu bleiben, seinen Kameraden, die ihn nicht einmal mehr grüßten. Es gab ihm das Gefühl, sich zu verstecken und sich zugleich vor allen bloßzustellen. Aber dieses aus der Angst geborene Verlangen, sich in den Staub zu werfen, ließ sein Herz weit werden: dieses Herz, das anders schlug.

Seine Wohnung in der Via Cimabue verließ er jetzt nur noch zu den Mahlzeiten. Zu mehr konnte er sich nicht aufraffen, obwohl er es bedauerte und versucht war, über seinen Schatten zu springen.

Ghìsola, die bereits vor ihm nach Florenz gekommen war, befand sich in einem jener Häuser, die sich »privat« nennen; dort verdiente sie sehr gut. Und durch einen aus Radda nachgesandten Brief Pietros informiert, suchte sie ihn sofort auf: schon um irgendwelchen Verdächtigungen zuvorzukommen.

Als die Vermieterin, die sie hereingelassen hatte,

Anstalten machte, ihn zu rufen, schüttelte das Mädchen abwehrend den Kopf; und ohne daß man ihren Schritt gehört hätte, klopfte sie mit den Fingerspitzen an die Zimmertür. Pietro, der erriet, daß sie es war, sprang auf und öffnete.

Ghìsola tat so, als wolle sie gar nicht hereinkommen. Er führte sie ins Zimmer und küßte sie, am ganzen Körper zitternd. Sie lächelte und sagte abwehrend: »Ich will nicht mehr!«

Dann setzte sie sich, nachdem sie den Hut abgenommen und auf ihre Knie gelegt hatte. Aber ihm schlug das Herz bis zum Hals, und er fühlte, wie er rot wurde, als er nicht umhin konnte, sie zu fragen: »Warum bist du schon von Radda weggegangen, ohne mir Bescheid zu geben?«

Und sie, mit ihrem schönen Gesicht, das manchmal den Ausdruck absoluter Reinheit annahm, erwiderte, ohne sich viel darum zu kümmern, was sie sagte: »Ich bin gerade erst angekommen. Meine Padrona aus Badia a Ripoli wollte unbedingt, daß ich zurückkehre. Und in Radda konnte ich niemand bitten, einen Brief an dich zu schreiben, weil ich nicht sagen wollte, daß wir uns sehen. Habe ich nicht recht getan?«

»Sehr recht. Sie nimmt dich also wieder?«

»Ja.«

»Da bin ich froh. Aber kannst du nicht wenigstens heute bei mir bleiben?«

»Ich hab' sie schon im voraus um Erlaubnis gefragt.«

Pietro, der ihr glaubte, umarmte sie voll Dankbarkeit.

Sie gingen sofort aus dem Haus und spazierten durch Florenz. Sie aßen, und danach nahmen sie sich zwei Stühle in dem kleinen Park an der Piazza San Marco, wo man Aniswaffeln und Kürbiskerne an Soldaten und Spaziergänger verkauft.

Als es Abend wurde, sagte Ghìsola lachend: »Jetzt muß ich gehen, denn wenn ich zu spät komme, kriege ich das nächstemal nicht mehr frei.«

Und sie trennten sich: Pietro kam gar nicht auf die Idee, sich zu fragen, wohin sie gehe.

Er wartete drei Tage lang auf sie, ohne die Wohnung zu verlassen; dabei malte er sich immer wieder aus, wie er Ghìsola die Wahrheit über seine Prüfungen gestehen würde, und er wußte nicht, ob es für sie von Bedeutung wäre oder nicht. Und dieser Vorsatz verschaffte ihm einen fast wollüstigen Genuß.

Die Geräusche, auch wenn sie nur leise waren, wurden ihm unerträglich, und er behalf sich, indem er sich dösend aufs Bett legte. Dann hatte er das Gefühl, daß seine Schläfen weniger heftig schlügen und daß sein Herz sich weitete, ohne daß er es als unangenehm empfand. Doch seine kalten Hände verursachten ihm ein Gefühl von Schmerz und Angst und riefen ihm sein Leben in Siena in Erinnerung.

Wenn er nicht gefürchtet hätte, Ghìsola damit zu erschrecken, hätte er sie mit der ganzen Zärtlichkeit, die er für sie empfand, gebeten, sich mit ihm umzubringen.

Aber als Ghìsola wiederkam und ihn besuchte, war alles anders. Sie hätte ihn für verrückt gehalten und ihm ins Gesicht gelacht, mit ihrem Lachen, das ihm Angst einjagte, obwohl es sie noch schöner machte!

Sie blieben einen ganzen Tag zusammen, wie beim letztenmal; und danach sahen sie sich nicht wieder.

In Siena behauptete Pietro, er sei bei den Prüfungen durchgefallen.

Und er fühlte sich immer mehr als Opfer jener

Ungerechtigkeiten, gegen die sich alle mit einer Stimme hätten erheben sollen.

Domenico schrie: »Was hast du getrieben? Wenn du wirklich gelernt hättest ... Weißt du jetzt endlich, daß du nicht für die Schule geboren bist?«

Der Zorn erschien Pietro verdient, und er war schon froh, daß er keinerlei Anspielungen auf Ghìsola zu hören bekam.

Seine Verstimmtheit und seine Angst kehrten zurück, und diesmal noch schlimmer, weil seine Liebe zu Ghìsola immer stärker wurde. Alles andere hinterließ keine Spuren, als ob es ihn überhaupt nichts anginge.

Er fühlte, daß er in eine Leere gestürzt war, aus der er nicht mehr herauskam. Aber sollte er Ghìsola die Schuld daran geben? Nein: nur sich selbst; ja, ihr gegenüber hielt er sich für verloren. Doch jeden Morgen beim Aufwachen dachte er: »Wenn Ghìsola nicht wäre, brächte ich mich um!« Und er sah seine ganze moralische Sicherheit dahinschwinden, der er sich nur angenähert hatte.

Domenico liess seine Ungeduld, daß Pietro sich nun endlich ums Geschäft kümmern möge, nicht sofort erkennen. Aber da ihre Unterhaltungen jene gekünstelte Freundlichkeit annahmen, hinter der sich die Ausbrüche des Zornes vorbereiten, vermieden sie es schließlich überhaupt, miteinander zu reden. Alle standen auf Rosis Seite und warteten auf einen großen Krach. Pietro, der das begriff, tat so, als merke er nicht, was sein Vater dachte, während er ihn gleichsam verstohlen ansah.

Domenico kam sich manchmal als einfacher und ungehobelter Mensch vor, der es mit einem raffinierten und bösen zu tun hat. Und dann fürchtete er, den kürzeren zu ziehen.

Wozu hatten die großen Anstrengungen genutzt, denen er sein ganzes Leben geopfert hatte? Sollte er, wenn er zum Sterben kam, seinem Sohn nicht das hinterlassen können, was er sich mit Arbeit und Schlauheit erworben hatte? Und ausgerechnet der eigene Sohn erkannte das nicht an. Ausgerechnet der eigene Sohn wollte das Vermögen verschleudern?

Da bemerkte er, daß es ein Fehler gewesen war, ihm auch in bezug auf Ghìsola zuviel durchgehen zu lassen. Er selbst hatte sie in sein Haus aufgenommen! Und jetzt hetzte die Ehrlose Pietro gegen ihn auf, lehrte ihn, den Vater zu hassen!

Es kam ihm wie ein ausgemachter Verrat vor: das Seminar, die Kunstschule, die Realschule, das Technikum, die Privatlehrer, alles!

Diese Gedanken hatten ihn so oft heimgesucht, daß er den Augenblick für gekommen hielt, sich durchzusetzen.

Von seinem Stuhl aus, in dem er nun seit über zwanzig Jahren zu sitzen pflegte, verfolgte er Pietro mit den Augen, die Hände in den Hosentaschen und den schon kahlen Kopf gegen die Wand gelehnt. Aber er sagte nichts, sondern versuchte, sich im Gespräch mit den Angestellten und mit dem einen oder anderen Gast, der sich verabschiedete, abzulenken.

Pietro dachte an all die Familiendinge, die er gern für sich und Ghìsola gehabt hätte.

Er dachte an das ruhige und immer gleichmäßige Licht der Lampe mit der Haube aus Blech. Er dachte an den Sessel seiner Mutter, unter dessen Polster eine Art Schublade war, in der sie ihre Wollknäuel aufbewahrte und die beiden einzigen Bücher, die sie besaß, zwei illustrierte Romane. Er dachte an die vier Polster, an die sie sich gelehnt hatte und die nach und nach ganz aus der

Form geraten waren. Er dachte an den Geruch nach Kölnischwasser, an die Fläschchen mit den krampflösenden Mitteln, an ein kleines Kreuzchen aus abgewetztem Gold.

Ehe er in seinem harten Bett einschlief, erinnerte er sich an all diese vertrauten Dinge, nach denen er ein heftiges und fast gewissenloses Verlangen hegte. Es war ihm, als müsse er ihnen ein anderes Gepräge und eine andere Bedeutung geben. Ghìsola würde die Erneuerin sein. Und er empfand die gleiche Zärtlichkeit, wie wenn er bei ihr war.

Nachdem er die Kerze gelöscht hatte, drehte er sich zur Wand und schlief ein.

Domenico kam gegen Mitternacht durchs Zimmer, die Messinglampe in der Hand. Und dann wachte Pietro auf, und er war versucht, den Kopf zu heben. Doch die andere Tür schloß sich bereits; und so blieb er mit jener Unzufriedenheit zurück, die sich einstellt, wenn man aus einer Stimmung gerissen wird.

Am Morgen ging Domenico sehr rasch hinaus, ohne das Wort an Pietro zu richten, der noch damit beschäftigt war, jenen Träumen, die man im Halbschlaf hat – wenn man nicht weiß, ob man schon aufwachen oder noch weiterschlafen soll –, eine andere Richtung zu geben.

Er setzte sich an sein Tischchen, ohne etwas zu tun, die Knie gegen die Schublade gedrückt. Es schien ihm unmöglich, daß all die Dinge um ihn herum nicht an ihm interessiert sein sollten, während seine sinnliche Erinnerung eine berauschende Erregtheit in ihm hervorrief.

Und so machte sich das Selbstmitleid in ihm breit, nur zum Leiden bestimmt zu sein: »Warum darf ich Ghìsola nicht sehen? Niemand muß so auf alles verzichten wie ich. Und bei keinem mischt man sich so in seine Angelegenheiten ein. Und wieso haben die anderen

Beschäftigungen, die mir nie möglich sein werden: der Kutscher schlägt auf das Pferd ein, um schneller voranzukommen, die Straßenkehrer besprengen die Straße.«

Aber er vermied es, vor dem Mittagessen ins Lokal zu gehen. Und es kam darauf an, den rechten Augenblick abzuwarten, damit ihm nicht auch der Koch noch eine Unfreundlichkeit an den Kopf warf; er mußte mit dem vorliebnehmen, was man ihm gab, und sich selbst das Brot und das Besteck aus der Kammer holen.

Er, der die anderen zumindest ideell geliebt hatte, litt jetzt bittere Einsamkeit. Und es konnte sogar vorkommen, daß sein Vater zu ihm sagte: »Steh nicht im Weg herum, wenn die Kellner vorbei müssen. Du tust ja doch nichts!«

Dann ging Pietro aus dem Lokal, weil er sich von seinem Vater nicht zur Arbeit zwingen lassen wollte. »Ist es möglich, daß ausgerechnet ich zum Kaufmann laufen soll, um Käse zu holen? Oder einen Korb nehmen und ihn mit Brot füllen lassen? Oder mich mit einem anlegen, der die Rechnung drücken will? Ganz abgesehen davon, daß Ghìsola mich dann nicht mehr haben wollte.«

Eines Tages erhielt er einen Brief. Die Handschrift auf dem Kuvert gab ihm sofort das Gefühl eines unwiderruflichen Ereignisses. Er wollte ihn erst nicht öffnen. Und dann las er: »Ghìsola betrügt Sie. Wenn Sie den Beweis dafür haben wollen, dann gehen Sie in die Via della Pergola . . .«

Es stand noch die Hausnummer da und ein Frauenname, vielleicht ein falscher.

Es kam ihm vor, als brächten diese Worte die Lösung für etwas Unerklärliches. Er dachte: »Es muß einen Grund dafür geben.«

Und all seine schmerzlichen Widrigkeiten traten ihm

vor Augen, und er wunderte sich über das Mitleid, das eine unbekannte Person mit ihm gehabt hatte.

Dann überlegte er, wie er das Geld auftreiben könnte, um Ghìsola zu überraschen. Rebecca wollte es ihm nicht leihen; sie warf ihm vielmehr vor, daß er ihr noch nicht einmal das andere zurückgegeben habe. Aber Pietro ließ nicht locker: »Ich kann doch nicht meinen Vater darum bitten.«

»Lassen Sie es sich von irgendeinem Freund geben.«

Aber sie ging doch zur Kommode, entschlossen, es ihm zu leihen, damit sich die Unschuld ihrer Nichte herausstelle. Doch zuerst nahm sie eine saubere Windel für ihr Kind heraus, das sie auf dem Arm trug. Sie breitete sie auf dem Bett aus und warf die schmutzige unter den Schrank; und es sah so aus, als hätte sie über dem weinenden Kind das Geld vergessen.

Sie hielt den Kopf immer noch gesenkt, als ob sie überlege: Wenn das Unternehmen glückte, könnte sie sich anstatt an Pietro an Domenico halten; aber in so etwas mischte man sich am besten nicht ein! Sie sagte zu Pietro: »Müssen Sie unbedingt gleich morgen früh fahren?«

Er antwortete: »Kann es denn anders sein, nachdem ich diesen Brief bekommen habe?«

Rebecca begriff und seufzte. Er wartete noch ein bißchen, dann sagte er: »Gib es mir.«

»Wieviel brauchen Sie?«

»Mehr als das letztemal.«

»Mein Gott, wo soll ich das denn hernehmen? Warum denken Sie nicht daran, jede Woche ein bißchen was auf die Seite zu legen?«

Jetzt tat es ihm leid, daß er daran tatsächlich noch nicht gedacht hatte; und es schien ihm selbst unverständlich.

»Von jetzt ab werde ich das tun. Aber dieses eine Mal... gib du es mir noch.«

Wenn es noch länger gedauert hätte, hätte er nicht mehr den Mut aufgebracht, weiter zu drängen; aber Rebecca, die an seine guten Vorsätze glaubte, gab nach.

Pietro zählte die Scheine, während sie, an die offene Schublade gelehnt, ihm ins Gesicht sah. Er lächelte sie an und dankte ihr.

Rebecca begleitete ihn die Treppe hinauf und legte ihm noch einmal ans Herz: »Und vergessen Sie nicht, daß ich das Geld zurückhaben muß.«

Es stimmte, daß Ghìsola sich die Briefe immer noch nach Badia a Ripoli nachsenden ließ; aber konnte es nicht sein, daß sie erst vor wenigen Tagen umgezogen war? Was steckte dahinter?

Pietro strengte sich an, allen möglichen Zweifeln nachzugehen, aber da er sie dann doch nicht ernst nahm, war er nicht in der Lage, eine Antwort zu finden. Zum erstenmal hatte er das Gefühl, der ganze Wust von Widerwärtigkeiten liege weit weg und es könnte ihm doch noch möglich sein, mit ihnen fertig zu werden. Alles Leiden erschien ihm äußerlich, und er empfand ein kleines Glücksgefühl, das keinem bisherigen glich. Er dachte: »Warum habe ich dem Brief sofort geglaubt?«

Auf der Fahrt war es ihm, als sei er in einem Zustand von Bewußtlosigkeit und fiebere. Dennoch konnte er es kaum erwarten, anzukommen.

Der Zug fuhr den Arno entlang, dessen Wasser glitzerte, als ob sich Tausende von Spiegeln gleichzeitig darin brächen; er kam an den hohen, spitz zulaufenden Pinien vorbei, auf denen noch violette Schatten lagen, zwischen den weißen, zitternden Pappeln hinter den Telegraphenmasten; vorbei an Bündeln von Zypressen, als ob die einen sich um die anderen drängten. Er fuhr auf die Stadt zu, über der sich zwischen den sanften Hügeln ein zärtliches Blau sammelte. Diese unaussprechliche Schönheit beschämte Pietro. Während die Liebe, die er bis jetzt für Ghìsola empfunden hatte, ihm wie eine Schändlichkeit vorkam, ohne daß er wußte warum: »Ist es möglich, daß ich sie nicht mehr lieben sollte?«

PIETRO BETRAT DEN im Brief genannten Hauseingang, ging zwischen einigen Frauen hindurch, die gar nicht daran dachten, zur Seite zu rücken. Das Treppenhaus war dunkel und schmutzig, mit einem Geruch nach Unrat und Puder.

Im ersten Stock sah er durch die halboffene Tür eine Prostituierte in einem rosa Morgenrock; sie musterte ihn fast spöttisch.

Im zweiten Stock war eine andere Wohnung, ebenfalls offen. Er blieb stehen, um zu horchen: Man hörte die munteren Stimmen einiger Frauen; eine trällerte vor sich hin. Er suchte erst nach der schlimmsten und dann nach der bestmöglichen Erklärung. Aber er erschauderte: »Ist es denkbar, daß Ghìsola unter solchen Menschen lebt?« Und als wolle er fliehen, hastete er die restlichen Stufen hinauf.

Keuchend kam er im obersten Stock an. Vor ihm ein Salon mit einem ovalen Tisch in der Mitte. Alles verschwamm vor Pietros Augen: Undeutlich erkannte er eine Frau, die auf einem Diwan lag und sich mit einem Soldaten unterhielt; seine Mütze lag weit von ihnen weg, auf einem Stuhl.

Diese Frau schien sich vor Pietro zu fürchten, der sie verstört anstarrte. Sie berührte den Soldaten am Knie, und beide schauten ihn an. Pietro machte noch einen

Schritt, aber er hatte das Gefühl, keine Beine mehr zu haben: Es war wie in einem plötzlichen Alptraum, an den er nicht glauben wollte. Er stammelte irgend etwas, aber die Frau gab ihm keine Antwort. Da dachte er, er habe sie gekränkt, und wollte eben wieder gehen. Doch in diesem Augenblick trat Ghìsola aus einer offenen Tür. Als sie ihn erkannte, blieb sie wie angewurzelt stehen; sie erbleichte, als fiele sie in Ohnmacht; dann machte sie kehrt, sich mit dem Ellbogen an die Wand stützend, wie eine Maus kehrtmacht, die von dem Schlag, den sie abbekommen hat, halb zerquetscht ist.

Pietro fühlte sich wie von einer unbekannten Macht gepackt; und um der Empfindung, das Gleichgewicht verlieren zu müssen, nicht nachzugeben, folgte er Ghìsola aufs Geratewohl in ein Zimmer, von dem er nur das Fenster sah.

Als er hereinkam, trug Ghìsola das verschmutzte Jäckchen schon nicht mehr; aber sie hatte sich hinsetzen müssen, um ihre Schwangerschaft, so gut es ging, zu verbergen.

Er beugte sich zu ihr, um sie zu küssen, fast weinend: »Warum bist du hier?«

Sie wußte nicht, was sie antworten sollte: »Ob er gemerkt hat, daß ich schwanger bin? Und wann soll ich es ihm sagen? Ich hab' ja gewußt, daß es so kommen wird.« Schließlich redete sie: »Es sind alles Frauen hier.«

Doch mit einemmal glaubte er ihr nicht mehr und erwiderte: »Aber ich will das nicht. Zieh dich wieder an. Woher hast du den blauen Fleck am Arm?«

Sie hatte Angst, sich zu verhaspeln, aber sie antwortete: »Ich hab' mich selbst gebissen.«

Er dachte, daß das stimmen könnte. Dann, nach

einer Pause, in der er hoffte, daß sich alles noch in nichts auflösen würde, sagte er: »Laß uns gehen, ich möchte mit dir reden.«

»Bleiben wir doch. Ich will heute nicht aus dem Haus.«

Es entstand wieder eine Pause, während der ihm der Gedanke kam: »Warum habe ich nicht gefragt, auf welche Weise sie mich betrügt? So kann ich nie etwas herausfinden. Was soll ich ihr nur sagen?«

»Mir gefällt dieses Haus nicht. Was für ein Haus ist das überhaupt?«

»Ich werde es dir sagen, es ist nichts Schlimmes daran.«

Mehr als einmal war sie entschlossen gewesen, ihm die Schwangerschaft zu gestehen; doch jetzt erschien es ihr unmöglich – vor allem so unvorbereitet. Pietro beschloß, es kurz zu machen: »Steh auf.«

Die Besitzerin der Unterkunft trat ein: eine kräftige, untersetzte Frau mit einem weißen Ledergürtel um die Taille; eine Hebamme, die den Schwangeren Kost und Logis bot.

Pietro drehte sich zu ihr um, verängstigt, welche Wirkung seine Verdächtigungen auf sie ausüben könnten. Er versuchte ihr zu erklären, weshalb er sich hier befinde. Die Frau, die über alles informiert war, sah für Ghìsola keinen Ausweg mehr und fürchtete, er würde sie töten.

Ghìsola schaute zum Fenster und dachte daran, sich hinauszustürzen; in einem hysterischen Impuls, der durch ihre Schwangerschaft befördert wurde.

Die Frau zögerte wegzugehen; sie richtete den Waschtisch, legte ein Handtuch zusammen, wobei sie Pietro aus den Augenwinkeln beobachtete und von Ghìsola zu erforschen suchte, was sie tun solle.

Pietro wartete, daß sie endlich hinausging, und ihr Herumhantieren zerrte an seiner Geduld. Schließlich sagte er mit äußerster Anstrengung zu ihr: »Ich möchte mit Ghìsola allein bleiben.«

Und Ghìsola, die sich inzwischen eine andere Bluse angezogen hatte, ohne vom Sofa aufzustehen und ohne daß er etwas gesehen hätte, antwortete: »Gehen Sie ruhig ... Ich kümmere mich schon.«

Aber ihr Schrecken ließ nicht nach; und sie hatte das Gefühl, sich sofort auf die Knie werfen zu müssen.

Die Frau zog sich nur ungern zurück; und sie schloß die Tür nicht ganz und blieb davor stehen, um zu lauschen. Pietro, der das bemerkte, wollte sie schließen, noch ehe er irgendeine Erklärung verlangte; doch es gelang ihm nicht, den Riegel vorzuschieben. Dennoch wollte er Ghìsola mit den Fragen, die er ihr stellen mußte, nicht kränken, sondern war bereit, noch abzuwarten.

Sie stand auf

»Nicht zuschließen ... Es hört uns niemand.«

Als er sich ihr mit einem Blick voller Mitleid und Zuneigung zuwandte, sah er ihren Bauch.

Als er nach einem heftigen Schwindelanfall, der ihn Ghìsola zu Füßen stürzen ließ, wieder zu sich kam, liebte er sie nicht mehr.